「おっそおっじしっましょ～♪」
「ちょっと、あの娘じゃない？ 雨妹《ユイメイ》って」
「あの変わり者の？ 寄ると呪われるって……」
百花宮のお掃除係
HYAKKAKYU NO OSOUJIGAKARI
転生した新米宮女、後宮のお悩み解決します。
百花宮

単で、酒精と水を
七対三の割合に混ぜるだけ。
これを噴霧器に入れれば完成だ。
「殿下とそちらのお付きの方は消毒しましょう!」
陳《チェン》先生
後宮の医局に勤める医師
立彬《リビン》
明賢付きの宦官
雨妹《ユイメイ》
日本では看護師をしていた
中華ドラマオタクの転生者。
新米宮女として活躍中
太子の了解を得たところで、
次に雨妹は消毒液を全身に
思いっきり振りかけた。
太子に酒をぶっかけるも
同然の行為に、
陳がドン引いている。
明賢《メイシェン》
太子殿下。
雨妹を可愛がっている
「危険は少しでも減らした方がいい、
そう言いたいんだね? わかったよ」

百花宮のお掃除係

HYAKKAKYU NO OSOUJIGAKARI

転生した新米宮女、後宮のお悩み解決します。

黒辺あゆみ

イラスト しのとうこ

口絵・本文イラスト
しのとうこ

装丁
AFTERGLOW

目次《もくじ》

本書は、二〇一八年にカクヨムで実施された
「第4回カクヨムWeb小説コンテスト　キャラクター文芸部門」で特別賞を受賞した
「推定公主～何故か宮女やってます」を改題、加筆修正したものです。

序章　おかしな娘

ここは崔《サイ》の国は梗《キョウ》の都、その中心たる宮城でも皇帝の住まいである後宮、百花宮《ひやっかきゅう》である。

その広大な敷地の中で、皇帝の妻たる妃嬪《ひひん》から下働きまでの大勢の女たちが暮らす場所だ。

その数、実に数千人単位という人数である。

そんな後宮のとある回廊を、下級宮女の木綿のお仕着せに目深に被《かぶ》る頭巾《ずきん》、さらに顔の下半分を布で覆っているという、いささか怪しい見た目の娘が歩いている。

「ふんふ～ん♪　今日も綺麗《きれい》にしちゃうぞぉ♪」

そんな鼻歌を歌いながら、手に箒《ほうき》や雑巾《ぞうきん》の入った桶《おけ》などを持っているその娘は、後宮の掃除係《そうじ》で雨妹《ユイメイ》という。

頭部をほぼすっぽりと隠しているという怪しさ満載な見た目でも、れっきとした宮女だ。

ちなみに十六歳のお年頃でもある。

「今日の掃除は、あ、ここだ。うーん、結構広いなぁ」

本日の掃除担当区域である廊下に到着した雨妹は、早速掃除を開始する。要領よく仕事しないと、夕食時間に間に合わなくなったら目も当てられない。

風で飛んできた落ち葉を払い、埃《ほこり》を塵取《ちりと》りに集め、床や欄干を拭《ふ》いてと忙しく掃除していると。

ドタドタドタ！

雨妹が掃除した廊下を、数人の男たちが埃をたてながら駆けていく。しかも最悪なことに昨夜雨が降ったため、庭園のあちらこちらにぬかるみがあり。おそらくその一団はそこを通ってやって来たのだろう、せっかく掃除した床が泥だらけになっている。

――ああもう、床がドロドロじゃないの！

また拭き掃除をやり直さなければいけないことに、雨妹はがっくりと肩を落とす。

しかもあの一団、格好からして道士だ。この道士というのは、様々な方術を使う者たちのことである。

ところで大前提として、ここ後宮に出入りできる男は皇帝と太子のみで、他の男は宦官《かんがん》である。

ちなみに宦官とは、去勢して男性機能を失った官吏のことだ。

しかし皇帝や皇后などが呼びつけてたまに訪れる役職の男は、宦官ではない。あの道士らも、そういう連中だった。

――でも私ってば、道士って嫌いなんだよね。

理由は色々あるが、簡単に言うと連中は要らぬことしかしないからだ。

いや、多分まともに世のため人のために活動する道士もいるのだろう。だがそういう道士は得てして、権力の近くを嫌うものなのだと、雨妹は思っている。

ともあれ、道士たちのせいで雨妹の仕事が増えてしまった。心の中で道士たちに呪いの言葉を吐きながら、拭き掃除をやり直していると。

「……！」

結構近くから、騒ぎ声が聞こえて来た。

——なんだろう？

気になった雨妹は、ちょっと掃除の手を止めて見に行くことにした。

こういう野次馬的楽しみがないと、後宮で働く甲斐《かい》がないというものだ。

すると野次馬をしに来たのは雨妹だけではなく、大勢の物見高い者たちが集まっていた。

そしてその人だかりの向こうに、群れる道士たちと、その中心に女の姿がちらりと見えた。

「大人しくしていただこう！」

道士たちの中でも煌《きら》びやかな格好をしている一人が、地面にへたり込んでいる女に恫喝《どうかつ》するように怒鳴る。

「なにをするのですか！　私がいったいどうして、こんな仕打ちを受けねばならないと言うのです⁉」

そう道士に言い返すのは、どうやら皇帝の妃嬪の一人のようだ。

彼女はこの国でよく見られる黒い髪を乱し、これまたこの国の住人のほとんどが持つ黒い目を見開いていた。

絹の服を纏《まと》って化粧をしているものの、顔色が悪く目の下にある隈《くま》を隠せていない。

そしてそんな彼女を、おそらくお付きであろう宮女や女官たちが遠巻きに眺めている。

——あの人は一体どういう理由で、道士なんかに目を付けられたんだろう？

雨妹が首を捻《ひね》りつつ、話がもっとよく聞こえるように野次馬たちの前へ出ようと奮闘していると。

「道士様、早くなさってくださいまし」

女のお付きの者たちの中から女官が一人、歩み出るのが見えた。

「悪霊にいつ襲われるかと思うと、生きた心地がしません」

弱々しい声音で懇願する女官に、その道士がデレッと相好を崩す。女に頼られて嬉《うれ》しいらしい。

「そうかわかった。では、なにがあったか話せるかね？」

「なにがあったって」

道士の問いかけに、女官は主《あるじ》であろう妃嬪を一瞥《いちべつ》し、怯《おび》えるような仕草をする。

「ここのところずっと、あの方は夜に不審な行動をされるのです」

「ほう、不審な行動とは？」

その女官に、道士が続きを促す。

「私は夜にお休みになられた後、異常がないか御様子を窺《うかが》うのですが。いつも怪しくも恐ろしい光景を目の当たりにしていて……」

「その話、もっと具体的に」

道士が促す内容を、主である女は女官を信じられないという表情で見るばかりで止められず、野次馬たちは黙って聞き入る。

「それは、寝ているはずなのに、急に手足が奇怪な動きをし始めるのです！」

「そんなこと、私は……」

「ほう、驚かそうと悪戯《いたずら》されたのではなくて？」

たまらず叫んだといった様子の女官に、主が反論しかけるのに対して道士が言葉を被せてくる。

「はい、動きが止まったのを見計らい、起きているのかと確認すれば、しっかりと寝ていらっしゃいました。そのことを主に明朝にお話ししても、そんなことをした覚えがないという始末。そんなことが繰り返されては、私はもう不気味で不気味で、恐ろしくて仕方ないのです！」

「おお、それは恐ろしい体験をしましたな、可哀想《かわいそう》に」

わっと両手で顔を覆う女官の肩を、道士が優しく撫《な》でる。

――ふぅん？　寝ているのに手足が動く、ねぇ……。

雨妹が考え込むように一人、俯《うつむ》いていると。

「皆の衆、よく聞け！」

道士が雨妹ら野次馬たちに向かって声を張り上げた。

「この者には悪霊が取り憑《つ》いておる！　しかも祈祷《きとう》ではとうてい間に合わず、もう手遅れなほどに悪霊に染まっているのだ！」

「おおぉ、なんと恐ろしいこと！」

道士の宣言に、あの女官が身体《からだ》を震わせる。

「私たちには、関係のない話よね」

「ええ、本当に」

この話を聞いていた女の他のお付きの者たちは、自分たちに悪霊の風評が及ばないよう、さっと建物内に引っ込み。

「悪霊ですって！」

「ああ、恐ろしや……」

「もう終わりだな、あの方は」

周囲の野次馬たちがそう噂《うわさ》をし合う中、雨妹は冷めた目で騒ぎの中心にいる女官と道士を眺めていた。

——なぁんか、わざとらしいなぁ。

女官は棒読みではないものの、台詞《せりふ》がどことなくぎこちないし、道士はいかにも大仰過ぎる。

まるで下手な芝居を見せられている気分だと、雨妹がしかめっ面をしていると。

「こうなっては死をもって自身を救うより他はないと、我から皇太后陛下に進言致そう」

「何故《なぜ》、私が……」

道士に勝手に生き死にを決められている主の女は、ただでさえ悪い顔色だったのが、今では蒼白《そうはく》である。

——なるほど、皇太后陛下ね。

雨妹はこの出来の悪い小芝居の意味が腑《ふ》に落ちた。

皇太后とは皇帝の生母で、ここ後宮で一番の権力者である。

普通なら国で最も権力のあるのは皇帝であるはずなのだろうが、何事も表があれば裏があり、決まり事通りにいかないのが世の中というもので。

そしてどうやらこれは、皇太后が作った脚本というわけらしい。

あの妃嬪はなんらかの理由で皇太后の不興を買った末、このような目に遭っているということだろう。

そして自分のような掃除係の下っ端宮女は、権力者に逆らわず、隅っこで平穏に暮らすのが幸せに生きるコツなのだろうと思う。

けど今の雨妹はなんというか、無性にむかっ腹が立っていた。

――なんでもかんでも『悪霊』とか『呪い』のせいにする道士連中って、気に食わないのよね。

あの妃嬪に起きた現象が真実なら、確かになにも知らなければ「悪霊に取り憑かれた」と考えるのも無理はないかもしれない。寝ているはずの人物が急に手足を振り回し出したら、見ている者は恐怖だろう。

だがしかし、雨妹はそれが悪霊なんかの仕業ではない可能性について、よく知っていた。

脳裏にちらっと「後で怒られるな」という考えが掠《かす》めなくはないものの、怒りは雨妹の背中を押す。

「お待ちください」

そして気が付けば雨妹は頭巾を目深に被り直し声を上げ、騒動の渦中に近付いていていた。

「あ、お前は……！」

「ちょっと、突然なんなのよ⁉」

驚く道士を無視し、女官の前も通り過ぎ、雨妹が立ったのは、あの妃嬪の前だった。

「もうし」

雨妹がそう話しかけたところ、彼女はビクッと肩を揺らし、充血気味の目を瞬かせる。

「……あなたは？」

「通りがかりの宮女です」

この自己紹介に、しかし野次馬の中から声が上がる。

「あれ、雨妹よ」

「あの変わり者の」

「変人の」

「変態だろう？」

――誰だ、最後の『変態』って言ったの！

雨妹にだって変わり者である自覚はあるが、断じて変態ではない。

「あれが噂の怪しい宮女なの？」

「聞いたことはあるけど、初めて見たわ」

「確かに怪しいな」

続いてそんな声も聞こえてくる。

――あ、顔の布を外していないや。

顔をほとんど隠した姿が怪しく見えるのは、まあ当然だろう。しかし面倒なのでこのまま話すことにした。

それに、あまり顔——それも目を見られたくないのだ。

「私のことはお気になさらず。とはいえ気になるでしょうが、そこは飲み込んでください」

「これ、誰の許可を得て勝手に話しているのか⁉」

雨妹がそう彼女に語り掛けると、道士が割り込んできた。

それに、雨妹はジトリとした視線をちらりとやる。

「うるさいですね、ちょっと世間話をするだけです。あまり心が狭いと見限られますよ」

「誰に」とは敢《あ》えて言及せずにそう言い放つと、道士が顔を真っ赤にする。

皇太后の威光で威張り散らせる道士にとって、皇太后に見限られるというのは最も嫌な悪口だろう。

けれど理由がどうあれ道士が黙ったのをいいことに、雨妹は改めて彼女に向き直る。

「あなた様に少々お聞きしたいのですが」

雨妹が味方かどうかはわからないものの、とりあえず道士の味方ではないと思ったらしい彼女は、

「……なにかしら？」

雨妹に応じる。

「あなた様は普段、目覚ましに効くお茶や、刺激の強い香辛料などを好まれませんか？」

彼女はこの意外な質問に、一瞬きょとんとした顔をした。

「……実家がお茶どころなので、送ってもらう白牡丹《バイムータン》はよく飲むかしらね。あと、辛い料理も好きよ」

「なるほど」

雨妹は軽く頷《うなず》く。白牡丹とは白茶《バイチャ》の一種で、お茶農家で愛飲されているお茶である。そしてなにより、他のお茶よりも強い覚醒《かくせい》作用があるものだ。

あと辛いもの好きというのも、心に留めておく。

「ではお酒は？」

「どちらかというと、他の人よりも飲むかしら」

続けて質問するも、彼女は素直に答える。

「では、少々お身体に触れてもよろしいですか？　ちなみに刃物の類は持っていません」

雨妹が手ぶらであることを両手を広げて見せてから服をパタパタとはたきつつ証明すると、彼女は「どうぞ」と促してきた。

「では、ちょっと失礼」

雨妹は彼女の手を取ってじっくりと観察し、顔も覗《のぞ》き込んで下瞼《まぶた》をちょっと下げてみたりする。

すると肌の色がくすんでいて、瞼の裏や手の爪が白っぽい。

「ああやはり、貧血の気がありますね。朝すっきりと起きられていますか？　日中に眠くなることは？」

「そうね、眠気が我慢できなくて昼寝をするわ」

「なるほど、なるほど」

雨妹が再び頷くと、これらを黙って見ていた道士がとうとう怒りだした。

「さっきからなんなのだ、お前は⁉　医者の真似事《まねごと》をして我の邪魔をしおって！　忌々しい！」

道士は特に「医者」という言葉を嫌そうに言う。

すると――

「医者がどうしたって？」

ここで、新たに会話に割り入る存在が現れた。

「なんだなんだ、なんの騒ぎだ？」

そう言いながら雨妹の方へ近寄ってくるのは、後宮の医局勤めの医官であり、雨妹の顔見知りな男であった。

「あ、陳《チエン》先生」

「くうっ、どこからか湧いてきおってからに！」

現れた医官に、道士がさらに忌々しそうな顔をすると。

「そちらこそ、呼びもしないのによく湧きますなぁ」

医官が「はっはっは」と笑いながら応じ、両者はしばし睨《にら》み合う。

――うん、この二人って犬と猿な仲だよね。

余所《よそ》ではどうだか知らないが、少なくともここ後宮では、道士と医者は客を取り合う敵対関係にあったりする。お互いに目の上のたんこぶ状態なのだ。

「お前にはなんの関係もない！　こやつは悪霊憑《つ》きであり、これから連れて行くのだ！」

まずはそう道士が噛《か》みつくが、雨妹がすかさず医官に告げる。

「先生、ちょうどいいところに通りかかってくれました。こちらの方が病人です」

「ほう、病人か」

医官はそう言うと、すぐに彼女の傍《そば》に膝《ひざ》をつく。

「病人だってよ」

「え、悪霊じゃないの？」

「どっちなんだよ」

様子を見ていた野次馬たちは、ざわざわと騒ぎ始める。

彼らとしては、いざという時に自分たちを診てもらう医官には、極力嫌われたくないだろう。変に目を付けられて、病に倒れた時に薬を出してもらえなければとても困る。

道士相手だと、やることを見ていて好奇心が刺激されるだけだが、医官相手だと、下手な態度をとれば日常に影響する。

結果、どちらを味方するかというと、おのずと答えが知れるというもの。

「くそぅ、余計な邪魔をしてからに。決まっておる、悪霊の仕業だ！」

病気という意見を支持しそうになっている野次馬たちに、道士が怒鳴った。

「いいえ、病気です」

これに雨妹が即反論するが、しかし道士は「はっ！」と鼻で笑う。

「ならばどういう病気だというのだ！　寝ている間に暴れるなど、悪霊以外に有り得ん！」

自信ありげに胸を張る道士の様子に、野次馬たちも再びざわつき出す。

「確かに……」

「そんな病気、聞いたことないわ」

コロコロと意見を変える野次馬たちだが、それも無理はない。一般人が知っている病気というのは、せいぜい風邪と胃痛くらいなのだから。

医術の知識なんてものは、この国では限られた人にしか与えられないのだ。

「ほれ、そこの偉そうな口を叩《たた》いた宮女よ、お前が答えてみるがよい！　一体なんという病気なのだ⁉」

野次馬の反応に気を良くして図に乗ってきた道士を、だが雨妹は冷静に見返す。

「先生、私が代わって教えて差し上げてもよろしいでしょうか？」

「うむ、雨妹よ、この無知な道士殿に病の正体を教えてやれ。俺が許す」

一応意向を尋ねる雨妹に、医官が重々しく頷いてみせた。

これに、野次馬たちが疑問の声を上げる。

「なんで雨妹が？」

「あの娘は掃除が仕事でしょう？」

「ちょっと、どうなっているの？」

医官が診断を医者ではなく宮女、しかも下っ端掃除係の雨妹に丸投げしたのだ、驚かれるのも無理はない。

だが今は道士という邪魔者がいる以上、医官に症状や彼女の習慣など色々と伝えてから周囲に説明してもらう、という手間が惜しい。

なにせこの道士は、この妃嬪の異常な行為の原因なんてどうでもよくて、ただ上の命令で排除したいだけなのだから。

「ええ、では申し上げます。この方は単なる睡眠障害です」

雨妹の告げた病名に、道士も妃嬪である彼女も目を丸くする。

「スイミン、ショウガイ？」

「なんだそれ？」

「聞いたことがない病気だけど」

耳慣れない言葉に誰もが首を傾《かし》げるのに、雨妹はよく聞こえるようにと声を張り上げた。

「睡眠障害にもいくつか種類があるのですが、あなたの場合だと周期性四肢運動障害という症状です。簡単に言えば、意識が寝ていても身体が寝ていないのです。だから寝ている間に手足の筋肉が勝手に動く」

「……そんなこと、あるの？」

雨妹の説明に、彼女は呆気《あつけ》にとられた様子で尋ねる。

「あるのです。睡眠中、頻繁に脚や腕が動いたり跳ねたりするのが、症状の典型でして。当の本人はこのように手足が動くことも、そのせいで短時間だけ目が覚めたことにも気付かない。だけど当然熟睡なんてできるはずがなく、日中の眠気を訴えることとなります。そして起きている間に脚や腕に異常な感覚が現れることもない。ですよね？　先生」

「おうよ、その通り」

雨妹が医官への確認を挟むと、あちらは「うんうん」と頷く。

「へぇー」

「そんなことが……」

雨妹の説明に、野次馬が感心したように囁《ささや》き合い、道士が怒りで顔を赤く染めていた。

道士としてはまさか、このような理路整然とした答えが返ってくるとは思っていなかったのだろう。

——この人のことを、ただのおかしい女だ、くらいにしか考えてなかったんだろうね。

雨妹はそんな道士をチラリと見てから、話を続ける。

「こうした症状を起こしやすい人の傾向として、覚醒作用の強いお茶や、刺激物を好む。鉄分が不足気味で貧血である。腎臓《じんぞう》や肝臓が弱っている。運動を司《つかさど》る機能に疾患がある。あとは心労、という点が挙げられます。ああそうだ、妊娠中であるという場合もですね」

「妊娠……」

雨妹が語ると、彼女はハッとした顔をする。どうやら心当たりがあるらしい。

そして、道士が「しまった」という顔をする。

——ははぁ、そういうことね。

どうやらこの妃嬪に子ができたことを疎ましく思った皇太后が、道士を使って排除しようとしているのだ。

ここまで話を聞いていた野次馬たちから、ちらほらと声が上がり出す。

「そうだ、昔知り合いに……」

「誰かが、夜中に寝ていても自分が暴れて起きるって聞いたことがある」

「私もそう言えば……」

野次馬たちがそれぞれの話を周囲と語り出す。

そう、これは別に特別な症状などではない。夜寝ている際に起きる症状だから気付かれにくいだけで、誰しも経験のあることなのだ。

「発作が稀《まれ》にしか起きず問題なく生活できる場合もあれば、発作が頻繁に起きて睡眠不足になる場合もあります。そしてあなたの場合、白牡丹《パイムータン》という強い覚醒作用のあるお茶を愛飲されていること。辛い料理やお酒も好み、貧血気味であることが当てはまります。あと妊娠は、要検査ですね」

詳しく調べてみないとならないが、まず間違いないだろう。もし可能ならば睡眠中の様子を観察させてもらえれば、確証が得られるはず。

「以上が病であることの説明ですが」

「うむ、立派な説明だったぞ雨妹。まさにその通りだ」

雨妹がそう締めくくるのに医官も追従し、野次馬たちからパチパチと拍手が湧き起こる。

「いいぞー！」

「なかなか聞きごたえがあったわ」

そう野次が飛ぶ様はまるで見世物を演じているようだが、野次馬たちにとってはまさにそれなのだろう。

「道士様、いかがでしょうか？」

雨妹にそう尋ねられた道士はというと、この説明に反論の言葉が出ない。

「ぐうっ、生意気な……」

自分の計画と面子《メンツ》をつぶされた道士は、怒りが振り切れたのか、顔色が真っ赤を通り越してどす黒い。

「この宮女めが、でしゃばりおって！」

そしてそう叫ぶと、逆上して拳《こぶし》を振り上げる。

その先にいるのは、もちろん雨妹だ。

「きゃあっ⁉」

「危ない！」

野次馬から悲鳴が上がる中。

——お、やる気か⁉

おとなしく殴られてやる気などさらさらない雨妹が、応戦の体勢を作る傍で、医官がどこか余所を見ている。

そしてまさに道士の拳が振り下ろされる、その瞬間。

「そこまで」

静かな男の声がしたかと思えば、いつの間にか近くに来ていた誰かが、道士の腕を掴《つか》んでいた。

「暴力沙汰《ぼうりょくざた》とは見過ごせんな」

「痛たたた……！」

掴んだ道士の腕をそのまま捻《ひね》り上げ、そう告げるのは、宦官《かんがん》の服装を身に纏《まと》う男であった。

またまた知った顔の登場で、雨妹は目を丸くする。

「立彬《リビン》様、いつの間にいたんですか？」

すると、その宦官はジロリと睨むと。

「なにをしているのだ、全く」

呆《あき》れた調子で言われてしまった。

「だって、見過ごせなかったんですもん」

雨妹はそう言い訳を口にすると、ぷうっと頬を膨らませる。

人助けだったものの、目立つ真似をして叱られるだろうと思っていたので、ここは甘んじて受けようと思う。

にしても、この宦官がここにいるということは。

「おや、では今の説明だと、私の弟か妹が生まれるかもしれないのか。それは一大事だね」

野次馬の後ろから、のんびりとした声がした。

「なんと……！」

「まぁ」

その声の主に驚いた野次馬たちがサッと二つに割れ、首《こうべ》を垂れる。

その割れ目を悠々と歩いて来るのは、豪奢《ごうしゃ》な絹服を着た、なかなかの男前な青年であった。そして服装からして、明らかに宦官ではない。

この後宮に住まうことができる成人した男は、皇帝の他はただ一人。すなわち皇帝の跡取りである太子のみだ。

「太子殿下、どうしてここに？」

雨妹はそう尋ねながらも、あまりに登場の間が良過ぎることに穿《うが》った表情をする。

そんな雨妹に太子はニコリと笑う。

「なにやら騒いでいる者たちがいると、風に乗って聞こえてきたものでね」

「はぁ、風に乗ってですか」

これはもしや、どこかに見張りが潜んでいたと見た。そしてその見張りは、果たして誰につけられたものだったのか。

——どうも私ってば、あんまり信用がないみたいなんだけど。

ため息を吐《つ》く雨妹に太子が苦笑すると、妃嬪の方へ向き直る。

「私は自分の兄弟姉妹は大事だからね。せっかくこの場に陳先生がいるんだし、あなたはこのまま医局に行って診てもらうのはどうだろうか？」

そう話しかける太子に、道士が慌てる。

「お待ちください太子殿下、我々は皇太后陛下の御命令で……」

「うん、悪霊を祓《はら》うようにという命令だったんだよね」

しかし「わかっているとも」と言いたげな表情で、太子は道士の言葉に声を被せる。

「だが悪霊ではないとわかったのだから、もう一度どうするべきか、皇太后陛下にお伺いした方がいいんじゃないかな？　だって、この者は病気だったのだから。過ちを未然に防ぐのも、臣下の務めだと思うけど」

「……過ち、ですか」

苦々しい顔になる道士に、太子がさらに言う。

「そうだろう？　医官の診断が出たのだから、これは病気だ。よい道士であれば、悪霊の仕業と病の区別はつくものだよね？　特に、皇太后陛下お抱え道士ともなれば、最高位と言えるだろうし」

太子は笑顔のままに、道士を追い詰める。

——ここで「違う！」とは言えないよねぇ。

そうなれば、「自分はへっぽこ道士です」と言っているも同然なのだから。

そして太子は暗に、「このまま強引に事を進めても、皇太后が恥をかくだけだぞ」と脅してもいるのだ。

何故ならばこの場の野次馬たちがすべての話を見聞きしており、太子まで出て来た以上、「悪霊祓いの末の不幸な死」という筋書には無理が生じる。

——これだけ大勢の前で、病気だってことを堂々と演説しちゃったし。

これで「悪霊のせい」という意見を推し進めれば、それを支持した皇太后は「もしかして頭の出来がよろしくないのでは」という噂が立つことだろう。

いくら皇太后が後宮の実質的支配者とはいえ、後宮で働く者たちの噂や動きを無視するのは、あまり良い結果には繋《つな》がらないのだ。

道士はしばし躊躇《ためら》った結果。

「くうっ、憶《おぼ》えておれよ！」

雨妹に向けてそんなわかりやすい捨て台詞を吐くと、連れていた弟子であろう者たちを引き連れ、足早に去っていった。

「うん、完全勝利！」

道士の後ろ姿を見送った雨妹が、胸の前で腕を組んで誰にともなくそう言うと。

「調子に乗るな、馬鹿者」

宦官に頭巾《ずきん》越しに頭を叩《はた》かれた。

「結構本気で痛いんですけど」

「痛くしたのだから当たり前だ」

ちょっと涙目の雨妹に、宦官は怒り顔だ。

「雨妹よ、今回は我々が駆け付けられたからいいようなものの、どうやって場を収めるつもりだったのだ？」

そう叱られるのも尤《もっと》もであるので、雨妹も素直に反省する。

「そこのところは助かりました。でも、あの道士があんなに粘るなんて想定外だったんですよ。悪評になりそうならすぐに引っ込むと思ったのに、妙に頑張るんですもの」

金とコネで今の地位を手に入れたあの道士は、基本的にヘタレである。なのでこれまではちょっと反論してやれば、わが身可愛《かわい》さですぐに逃げを決め込んでいたのだ。

だから今回も、ちょっと突《つつ》いてやればすぐに逃げると思っていたのに。

——ちょっと計画性に欠けてたよね。

シュンと萎《しお》れる雨妹に、「まあまあ」と太子が慰めるように声をかけてきた。

「皇帝陛下の御子が絡んでいるとなると、あちらも必死になるというものだね。雨妹、次は気を付けるんだよ？　そして陳先生、頼んでいいかな」

太子が前半を雨妹に、後半を医官に告げる。

「はい、承知しました。おぅい、誰か手伝ってくれ！」

医官が野次馬に呼び掛けると、暇な連中が寄ってくる。事の結末を見届けて、後で同僚相手に面白おかしく喋《しゃべ》ってやろうというのだろう。

「雨妹よ、後で医局に顔を出せよ」

妃嬪を医局に連れていく医官が、そう言ってきた。

「わかりました」

雨妹としても、彼女には白牡丹《バイムータン》のお茶を控えてもらったり、普段の生活を整えるための助言をしたかったので、医官の言葉に頷《うなず》いておく。

ただ繰り返すが、この雨妹は掃除係の下っ端宮女である。なのに医局の医官に頼りにされるとは、おかしな話である。

ともあれ、これをきっかけに野次馬集団は解散となり、残されたのは雨妹と宦官、太子である。

「あーもう、疲れちゃいましたよ」

うーんと伸びをする雨妹を見て、宦官が「ふん」と鼻を鳴らす。

「雨妹、お前はつくづく厄介事と縁がある奴だな」

そう宦官にしみじみと言われてしまった。

けれど人を厄介事を好むみたいに言わないで欲しい。雨妹としては至って平穏に生きているつもりなのだから。

「今回は、ちょっと野次馬に来ただけじゃないですか」

「……それを厄介事好きだと言うんじゃないのか？」

雨妹の反論に、すかさずツッコミが返ってくる。

――そうかもしれない。

けれど娯楽が少ない後宮で、ゴタゴタを見物しに行くなというのは酷な話ではなかろうか。それに雨妹にとっては、野次馬こそが後宮へやって来た目的とも言えるのだから。

「実りある日常には、ちょっとした刺激が必要なんです！」

「お前のそうした態度がだな……」

雨妹と宦官の言い合いが始まろうとした時、パンパン！　と太子が手を叩いた。

「ほらほら立彬、お説教もほどほどにね。雨妹、君に会いに行くのならと、私の妃《きさき》が贈り物を持たせたんだよ。ほらこれを」

太子がそう言って、懐から取り出した油紙の包みを開いて見せたのは、フワフワとした黄色っぽい食べ物だった。

「わぁ、糕《カオ》だ！」

そう、それはまさしく雨妹の大好物である。小麦粉と卵を使った生地を蒸した甘い食べ物で、柔らかい食感と卵の風味、そしてなにより甘さが、幸せを運んでくれるのだ。

「嬉《うれ》しいです、ありがとうございます！」

雨妹は宦官相手に言い合いをしていたことなんてコロッと忘れて、太子が差し出す糕《カオ》に飛びつく。

「単純……」

「いいじゃないか、可愛くて」

宦官がなにやら言っているが、糕《カオ》の魅力の前にはどうでもいいことだ。雨妹が包みを前に、くんかくんかと香りを味わっていると。

「ところで雨妹、仕事は終わっているのかい？」

「あ、まだだった……」

そうだ、己は掃除の途中なのだった。今更ながらにその事実を思い出す。

「じゃあそれをおやつに食べたら、続きを頑張りなさい」

「はぁい。では太子殿下、私はこれで」

こうして、ようやく太子たちと別れた雨妹は、掃除の続きをするために廊下に戻ったのだが。

「あー、もうひと頑張りかぁ」

しかしすぐにちゃっちゃと掃除をする気になれず。気合を入れ直すという名目で、早速貰《もら》った糕《カオ》を食べることにする。

というわけで、雨妹が腰掛けるのにちょうどいい大きさの、多少ゴッゴッした石を見つけて腰掛け、いそいそと包みを開く。

その中にあったのはつい先程も見た、まごうことなき糕《カオ》だ。卵と砂糖の香りが、フワッと雨妹の鼻をくすぐる。

我慢できない雨妹は、はむっと一口頬張ると。

「美味《おい》しぃい！」

そう声を漏らしながらジタバタとしつつ、頬をふにゃりと緩ませる。

しかし幸せの時間とは短いもので、あっという間に食べ終えてしまった。

――さて、やるか。

雨妹は掃除を再開する前に、立彬に頭を叩かれた際にちょっと乱れた頭巾と顔を覆う布を巻き直そうと、はらりと取る。

するとその下に現れたのは、光の加減で青っぽく見える艶《つや》のある黒髪と、青い目だ。この国では黒髪黒目が標準である中、非常に目立つ色合いであることは間違いない。

そしてこれらを隠すために、わざわざこんな怪しい風体をしているのだ。

雨妹という宮女がどうしてあのような医術の知識を持ち合わせているのか、そして何故頭部をすっぽり隠しているのか。

その謎について明らかにするために、雨妹について後宮生活の始まりから語ることとしよう。

第一章　辺境から来た宮女

張雨妹《チャン・ユイメイ》は、崔《サイ》国の砂漠に近い辺境の里で一人で暮らしていた。

里外れにあるボロ家に住んでいるのだが、家の前の痩《や》せた小さな畑の作物と、自然の恵みで食い繋《つな》ぐ毎日である。裕福ではないものの、一人糊口《ここう》を凌《しの》ぐには十分な生活をしていた。

そんな自分は恵まれている方だと、雨妹は思っている。もっと貧しい者であると、ボロ家すら持てずに誰かの家の軒先で風雨を凌ぐような生活になるのだから。

この砂漠と隣接する辺境では、そんな生活は厳しい。なにせ砂漠というのがいわゆる年中熱砂の砂漠ではなく、夏は猛暑だが冬は厳寒という過酷な地だ。ゆえにここは当然ながら住みよくはない。

そしてこの里には名などない、ただ辺境の里と呼ばれるだけだ。

そんな過酷な地で暮らす雨妹は、両親の顔なんて覚えていない孤児である。

物心ついた頃にはとある理由で、この地にある尼寺で暮らしていた。だが本格的に修行を始める年齢である七歳になった頃、このまま尼の修行をするか、尼寺を出て暮らすかを選ぶように言われ。

その際、尼寺を出る選択をしたため、今こうして暮らしている。

しかし雨妹も一人で暮らし始めて時間もそれなりに経《た》つと、同世代で早い者は、もう結婚していたりするお年頃になっていた。

けれど雨妹は、結婚の機会には縁遠かったりする。

この狭い辺境の里という社会では、生まれた頃から同じ顔触れを見て育ち、ゆえに誰と誰がくっつくかなんて昔から決まっているようなもの。

そんな環境で雨妹は、結婚相手としてお得物件とはお世辞にも言えない存在である。

なにせ雨妹は狭い里社会の中では余所者《よそもの》で、その上両親がおらず、財産なんてものは持っていない。

しかも容姿が人目を惹《ひ》く華やかさであるわけでもなく、ごくごく平凡な顔立ちに、女の魅力がさして感じられない平坦《へいたん》な身体《からだ》つき。

唯一人に褒められるのは、このあたりでは珍しい青い瞳《ひとみ》と、髪が綺麗《きれい》だということくらいか。

雨妹の髪は、夜空のような青みを帯びた不思議な色の黒髪だ。自分でも密《ひそ》かに気に入っていたりするが、そんなものは女らしい美人の前では意味をなさない自慢である。

そんなわけで同世代の娘たちが結婚相手をさっさと決めて行く中、雨妹は未《いま》だに一人で暮らしているわけだった。

そんな雨妹の元に、ある日ここ辺境の里の長《おさ》がやって来て言った。

「のう雨妹、都に行きたくはないかね？」

「はぁ？　都？」

長からのいきなりな話に、雨妹が眉《まゆ》をひそめつつ話を聞くと。

「今朝がた梗《キョウ》から遣いがやってきてな、なんと百花宮で宮女となる娘を集めているそうじゃないか。この辺りの里々で全部で十人、この里から最低一人は誰かの娘を出さにゃならん」

長が難しい顔でそう語る。

梗というのはここ崔の国の首都で、皇帝の住まう場所である。

その皇帝のいる宮城、その中でも後宮である百花宮の働き手を、こんな辺境で募っているというのか。

――後宮の、宮女ねぇ……。

雨妹は眉をひそめて考え込む。

「どうだ雨妹、ここで一人暮らすのも色々と辛《つら》いだろうし、都へ行ってみては？　この里にいるより、贅沢《ぜいたく》な暮らしができるぞ？」

そんな雨妹に、長はニコニコしながら勧めてくる。

――そんな旨《うま》い話が、普通なら私なんかに回ってくるはずないじゃんか。

雨妹はいつだって仲間外れにされる立場なのだ。贅沢な暮らしが本当なら、里の娘たちは結婚を取り止《や》めてでも立候補するだろう。

雨妹はじっとりとした視線を長に向けつつ、しばし考え込む。

辺境の里暮らしの雨妹だが、実は百花宮とやらについての知識があった。そこで待っているのは、決して贅沢な暮らしなんかではない、ということも知っているのだ。

後宮の宮女はそこに住まう皇帝や妻たちの使用人。炊事洗濯に掃除など諸々《もろもろ》の雑務をこなす存在だ。それでも後宮に入るからには、皇帝のお手付きになるかもしれない身分である。

故に後宮入りした女は、いくつか例外はあるものの基本外に出られず、出る時は皇帝から臣下に下げ渡される時か、後宮から追放されて尼寺に入る時、もしくは死んだ時。

つまりは女の一生を棒に振る可能性大なのだ。

すなわち長を始めとする里の連中としては、貴重な若い娘をそんなところにやるよりは、里の男に嫁いでもらいたいというわけだろう。

宮女といえども女官に出世する道もあり、ゆくゆくは国母になる可能性だって無きにしも非《あら》ずだが、そんなものは絵物語の中のこと。

よほど食い詰めて金に困っている家でなければ、娘をそんな場所に送り出したくないらしい。

――まあ、わかるけどね。

そして雨妹は将来を誓い合った相手がいるわけでもない余所者で、後宮の宮女になるのにさほど困ることはないと思われているに違いない。

またこの辺境の里と同じ理由で、人口が多いとはいえ都でだけで宮女集めをするわけにいかない。

都の女をたくさん後宮の宮女にすれば、都の男たちが余ることになり、出生率が下がる。

即《すなわ》ち国の収入が減る未来に繋がるのだから。

故に宮女集めは国全土から均等に、ということなのだろう。

――にしても、こんな辺境でまで女を集めるとか、皇帝はどんだけ女好きなんだか。

雨妹は内心呆《あき》れてしまう。

里長としても、里の若い娘を出したくない、なおかつ里はずれで一人で暮らす余所者の雨妹を体よく厄介払いできるという、一石二鳥の案なのだ。

だが長は辺境育ちで弱冠十六歳の雨妹が、こんなことを考えているなんて思いもよらないだろう。

さて、ではどうして雨妹が後宮についてこんなに詳しいのか。それは雨妹が抱えるとある秘密によるものである。

実は雨妹には、前世の記憶があるのだ。

生まれる前の雨妹は、日本という国で暮らしていた。

名前などはわからないが、看護師を定年退職した後の余生を趣味につぎ込み、子供や孫に囲まれて大往生したらしいことは思い出せる。

この趣味というのは華流ドラマだ。

韓流《はんりゅう》はもう古い、今の流行《はや》りは華流だとばかりに華流ドラマにどっぷり嵌《はま》っていて、友人と一緒にファンイベントのために中国へ何度も旅行したものだ。

そして生まれ変わっても、何故《なぜ》か前世の記憶があることに首を傾《かし》げつつ、自分が生まれたのは、昔の中国によく似た異世界であることを理解したのである。

華流ドラマも、タイムスリップものや古代中国によく似た架空世界ものなど、色々なジャンルが派生していた。

だがまさかその最たる架空世界トリップを、自分が身をもって体験するとは思いもよらず。

それに雨妹はこの前世の記憶があるからこそ、尼寺を出たとも言える。

せっかく中華な異世界にやって来たのに、狭い世界だけで一生を暮らすなんて御免だと考えたのだ。

正直に言えば尼寺の主《あるじ》は、尼寺育ちの子供が外の世界を望むと思っていなかったらしく、ただ形式的に尋ねただけだったらしい。

だから「外で暮らしたい」と望んだ雨妹に、尼たちは世間がどれほど恐ろしいことにまみれているのかを懸命に語ってくれた。

けれども、雨妹の決意は変わらなかったというわけだ。

こんな風にこれまでのことを思い浮かべ、思案する雨妹に、長が親切そうな顔で言う。

「尼寺から出て暮らすという世間知らずなお前を、受け入れてやったのは儂《わし》だ。その恩を返そうと思わんかね？」

――嫌な言い方をする親父《おやじ》め。

雨妹はしかめっ面をしそうになるのを、ぐっと堪《こら》える。

尼寺を出た七歳の子供である雨妹が、一人で生活できるわけがなく、十歳まで長の家にお世話になっていた。

と言っても、小間使いよろしくこき使われたわけで、それも十歳で放り出されたわけだが。

それでも雨風を防げる程度のボロ家を譲ってくれたのは、雨妹を育てた尼寺に気遣ったからだろう。そうでなかったら、おそらく軒下暮らし一直線だったに違いない。

そんなこれまでを考えると、長の思惑通りに行動するのが癪《しゃく》な気がする一方で。

――後宮かぁ、ロマンだよねぇ……。

前世であれだけ画面越しに見た後宮という場所に対して思うところはあるものの、ほんの少しだけ興味があるのも事実である。

それに、どちらにしろいずれ辺境から出て行こうと思っていたのだ。辺境で枯れ果てる人生を送るつもりなんか、雨妹にはさらさらない。

――私みたいな平凡女が、後宮でどうこうなるわけないしね。

こうして、雨妹は「生の後宮を見てみたい」という、己の欲望に負けて楽観的に考える。

「わかりました、行きます」

「そうか！　行ってくれるか！」

雨妹が話を受けると言うと、里長は諸手《もろて》を挙げて喜んだ。


こうして辺境の里を旅立った雨妹は、都への長い道のりを行くこととなった。

辺境の里という名は伊達《だて》ではなく、ここまでの道のりは非常に長かった。

前世で「聖地巡りよ！」とか言って、中国の地方をバスに揺られて旅した時も遠かったが、ここはもっと遠い。

なにせ移動手段がロバの引く荷車だ。馬車ですらない。そして道が悪い。雨妹のお尻《しり》は早い段階から悲鳴を上げていた。

ちなみに旅の荷物だが元々多く持っておらず、道中の食事などは宮女を集めている人が出す約束であったため、持ち出したのは風呂敷《ふろしき》に包める程度の衣服のみだ。

大きなものは家ごと放置してきたので、きっと今ごろ誰かに貰《もら》われていることだろう。

そんな風にロバ車に揺られる日々とも、ようやくお別れの時が来た。

梗の都に到着したのだ。

「くわぁ、どっこいしょ！」

雨妹はおばさん臭い掛け声とともに、ロバ車から風呂敷包《ふろしきづつ》みを背負って地面に降り立つ。

雨妹が今いるのは、梗の都の隅にあるそこそこ大きな門の前だ。

ロバ車の中で聞いた話によると、梗の都は中国の長安《ちょうあん》などと同様に、碁盤の目状に都市設計されており、ぐるりと囲った城壁の東西南北に三つずつ入り口の城門が設けられているのだそうだ。

どの城門を誰が使うと決まっているわけではないが、真ん中の大きな朱塗りの城門は偉い人が使い、庶民は左右の少し小ぶりな城門を使って出入りするのが暗黙の了解だという。

というわけで雨妹が今いる都の隅にある城門は、外から梗の都に入る人たちでごった返していた。

雨妹たちの前を、綺麗《きれい》な服を着た人たちがこちらをジロジロ見ながら行き交う。

――きっと、都会に出て来た田舎娘が珍しいんだろうな。

彼らの服装はいわゆる漢服のようなもので、裾《すそ》がヒラヒラして綺麗である。

一方の雨妹はというと、辺境ゆえにそんなヒラヒラした格好ができるはずもなく、砂漠の遊牧民の格好に近い。なので、田舎者だと一目でわかってしまうのである。

だがこちらとしても田舎者なのは重々承知であるため、特に視線を気にすることなく周りを観察する。

雑然とした人通りと、白い土壁と木造の建物。そして奥に見える広大な朱色の建物が、皇帝の住まう場所だろうか。

——テレビや映画のセットって、かなりリアルに作り込んであったんだなぁ。

前世の記憶を掘り起こしながら、そんな風に感激している雨妹の周りでは。

「うわぁ」

「これが都なのね……」

同じロバ車で辺境方面から後宮の宮女として集められてきた娘たちが、目を輝かせている。

彼女たちも、恐らく一生を田舎で暮らすはずだった娘たちなのだろう。その代わりにこれからの一生を、後宮の中で過ごすことになる。

——誰かがお嫁に貰うと言ってくれて、なおかつ皇帝からの許可が下りない限り、この景色は二度と見られないわけか。

そう考えるとしんみりするが、元々一生に一度も見ることがなかった景色だと思うと、この地に立てただけでもいい思い出だと言えなくもない。

他の娘たちも、初めての都にきゃあきゃあとはしゃいでいる。

「いつまでも騒いでいるな、さっさと行くぞ！」

ここまで雨妹たちを連れて来たおじさんが、観光気分の娘たちに舌打ちすると。

「そこ、道を空けろ！」

男の怒鳴り声が聞こえたかと思ったら、騎馬が凄《すご》い速度で走り込んで来た。

「うひゃっ⁉」

慌てて隅に避《よ》ける雨妹同様に、周囲の者たちも道を空ける。

そんな通行人に謝罪や礼をすることなく、騎馬が走り去っていく。残るは、馬の駆け足でモウモウと立ち上がる土煙にまみれた雨妹たちだ。

「ちょっと、あれ危なくない⁉　捕まえた方がいいんじゃない⁉」

雨妹は舞い上がった土が口の中に入ったらしく、じゃりじゃりするのに腹を立てて文句を言う。するとそれに、ここまで雨妹たちを連れて来たおじさんがとんでもないと身を竦《すく》める。

「馬鹿か⁉　あの鎧《よろい》は近衛《このえ》だぞ！　物言いをしてみろ、こっちの首がとぶじゃねぇか！」

「へー、近衛。あれが」

雨妹は馬に驚いて、乗っている人の鎧なんて見ていない。けれど人生初である生の近衛を見ておくべきだったか。

今後見ることもあるかもしれないが、宮城のエリートである近衛と後宮の最下層の宮女が遭遇する機会が、そうそうあるとは思えない。

――いや、これから先は長いんだから、じっくり作戦を練ればイケるかも。

野次馬根性丸出しの雨妹が一人ニマニマしているのを、他の娘たちは気味悪そうに遠巻きにする。同じ田舎者仲間なのだが、雨妹はその中でも浮いていた。一人ロバ車の中で都での生活を妄想して、笑い声を漏らしていたのがいけなかったのかもしれない。

けれど今も本人は煩悩に浸るのに忙しいので、仲間外れ気味なのも気にしていない。

「そんなことよりほら、行くぞ！」

そう呼び掛けるおじさんの後についいて宮城に行くまでの間、雨妹や他の娘たちは視線を、通りのあちらこちらにさ迷わせるのに忙《せわ》しない。

季節は冬の終わり頃で、辺境の里を出た時は山にしっかり雪が積もっていたのに、辺境より南に位置する都ではそろそろ春を感じ始めていた。

ちらほらと梅や桃の花が綻《ほころ》ぼうとしているのが見受けられ、観光するにはいい季節到来と言えよう。

――まるで修学旅行みたい。

雨妹はそんなことを考えながら、屋台で売っている美味《おい》しそうな揚げ饅頭《まんじゅう》に心惹《ひ》かれる。

饅頭と言っても前世での薄皮の饅頭ではなく、中華まん系の方だ。しかも中に具が詰まっておらず、代わりに表面にかかっている砂糖を煮詰めた蜜《みつ》の甘い香りが、鼻腔《びこう》をくすぐる。

あまりに雨妹がじっと見るので、他の娘たちまでつられて視線を寄越《よこ》してしまい。

「美味しそうね」

誰かがそう漏らす。

時刻は太陽がだいぶ高く昇っていて、丁度小腹が空《す》く頃である。

――辺境だと甘い物なんか、滅多に食べられないもんね。

過酷な地ゆえに甘味など簡単に手に入るものではなく、口にできるのはせいぜい野に咲く花の蜜で、蜜蜂《みつばち》の巣なんて見つけたら御馳走《ごちそう》だ。

都までの道中でも、最低限の食事が保障されていただけで、甘味なんて贅沢品《ぜいたくひん》は口にできるはずがない。

饅頭を前に明らかに歩みが遅くなった一行に、引率のおじさんがため息を吐《つ》いた。

「しゃーねぇなぁ。都に来た記念に一個ずつ買ってやるよ」

「「やったぁ！」」

はしゃぐ娘たちに、「これが最初で最後かもしれないしな」と小声で呟《つぶや》いたのを、雨妹の耳が拾う。

——おじさんってば、案外情があるじゃないのさ。

雨妹から見ても娘たちは、後宮で働くということの本当の意味を理解しているとは言い難い。

田舎者が後宮の規則に詳しいとは思えず、雨妹同様に大した説明をされず、騙《だま》されるようにして連れて来られたのだろう。

事実ロバ車の中でのお喋《しゃべ》りでは、後宮で働くことへの不安など聞こえてこないで、ただ都への憧《あこが》ればかりを話していた。

そして雨妹も不安を煽《あお》ることもないと思い、後宮の宮女について語ることをしない。

雨妹は自ら宮女になるのだが、彼女たちの中には借金の形《かた》として売られた者もいるかもしれず。

だからこそ不安になるのを隠して、明るく振る舞っているのかもしれないのだ。

「ほらよ、食べな」

おじさんが雨妹たちに一個ずつ、買った揚げ饅頭をくれる。

まだほんのりと温かい揚げ饅頭は、手に持つと甘い香りが一層胃袋を刺激する。

——いただきます！

雨妹は心の中でそう唱え、揚げ饅頭にはむっとかぶりつく。

「おいしぃ……」

今世で初めて口にする砂糖の甘さに、感動して涙が出そうになった。

辺境では米や小麦は高級品だったので、食卓に上るのは特別なお祝いの時のみ。普段口にするのはいわゆる雑穀である。しかもそれだって薄めた粥《かゆ》に調理されるので、非常に食べ応えのない代物だ。

なので具無しの饅頭すら、都までの旅で初めて食べたのである。

――うぅーん、これだけでも都に来てよかった！

辺境しか世間を知らず、甘味の存在を認知していなければ、そのまま欲することもなく一生を終えることもあるだろう。

しかし雨妹は前世の記憶があるばかりに、甘味の存在を知ってしまっていた。これは貧乏よりもなによりも、雨妹を苦しめたのである。

人は甘味を知っていると、追い求めずにはいられない生き物なのだ。

――後宮って、甘いものが食べられるかなぁ？

雨妹はそんな風に今後の食生活の未来に思いを馳《は》せつつ、甘い揚げ饅頭を味わうのだった。

そんな寄り道をしたものの、いよいよ宮城までやって来た。

雨妹たちが宮城の長大な外壁の端まで移動すると、引率のおじさんがいかにも通用口といった風の木戸を叩《たた》く。恐らくこちらが後宮側なのだろう。

「はいよ、ちょっと待ちな」

中からそんな声がした後で木戸が開き、おばさんが現れた。

髪はきっちりと結い上げられ、木綿ではあるものの鮮やかな色に染められ、刺繍《ししゅう》で細やかに装飾された衣服を着ている。痩《や》せた背筋はしゃんと伸ばされていて、どこか気圧《けお》されるものがある。

——この人、ただの下っ端じゃないな。

そう直感する雨妹と娘たちの方を、ジロリと見る目つきは鋭いもので。

「ふん」

そう鼻を鳴らして雨妹たちを品定めする。

「全員健康な女子《おなご》だろうね？」

「もちろん、それが一番の条件でさぁ」

尋ねるおばさんに、おじさんがへこへこと頭を下げながら告げる。

「じゃあなお前ら、しっかり働けよ」

雨妹たちにそう声をかけたおじさんは、中身が重そうな袋を受け取ると、さっさと立ち去っていく。

「ふぅん」

そして残された雨妹たちを、おばさんが改めてじっくりと眺める。

「……！」

その際雨妹に目を留めたおばさんが、一瞬目を見開いた気がした。

──え、なに？

けれどすぐにその表情は元に戻り。

「全員、ついておいで」

そう告げるおばさんに連れられて、雨妹はいよいよ後宮の中に足を踏み入れた。

──いよいよだ。

娘たちは緊張したように、雨妹は好奇心で爛々《らんらん》と目を輝かせて、おばさんに続いて木戸をくぐっていく。

そして入ってまず目についたのは、白い土壁と木造の建物だった。通りから見えた朱塗りの建物とは違う、要は普通の庶民の家だ。

洗濯物が干してあったり、ゴミのようなガラクタが散乱していたりと雑然としており、宮女であろう女たちが数人ウロウロしている。

どうやらここは、宮女らの裏の仕事場らしい。

そのまま集会所のような建物に連れて行かれ、まず行われたのはおばさんによる身体検査だ。

「全員、着ている物を全部脱ぎな」

おばさんの言葉に、雨妹以外の娘たちが固まる。

──来たよ、お約束の検査！

一方で、雨妹は内心で密かに叫ぶ。

後宮は皇帝の住まう場所で、そこに入るのに身体検査は当然必須《ひっす》だ。処女であるか、性病などを持っていないかも調べるため、かなり際どい所まで調べ上げることとなる。

雨妹とて検査は嫌だが、それ以上に前世のドラマ知識そのままの出来事を目の当たりにすることに興奮を隠し得ない。

だがここで興奮を露《あら》わにしたら変態と思われるので、気を鎮めて大人しく順番を待つ。

——それに、調べるのがこのおばさんだけな分マシな方よね。

他の娘たちは泣きそうになっていたが、この場にいるのが宦官《かんがん》であれば、もっと嫌な気分になったことだろう。

宦官は後宮で働くために去勢された男とはいえ、性欲は普通に持っているのだから、なにをされるかわかったものではない。

こうしてすったもんだの身体検査で問題ないとされたら、次に色々と聞き取り確認していく。年齢、健康状態などなどだ。

これらのことが済んだら、ようやくおばさんによって宮女の仕事場を案内される。

台所や食堂、厠《かわや》などの細々した場所の説明を受け、最後に宮女の宿舎であろう家屋の大部屋に連れて行かれた。

「ここが今日からの、あんたたちの寝床だよ」

中は屏風《びょうぶ》で仕切られており、数人が寝ている息遣いが聞こえる。

――夜勤の宮女たちかな？

そんな風に推測しつつ、おばさんに振り分けられた自分の場所に向かう。

「なるほど、こんなもんかな」

雨妹は屏風で仕切られた空間に入り、概《おおむ》ね想定内だと頷《うなず》く。

そこには牀《しょう》というベッドのようなものと、荷物を入れるのであろう竹で編まれた丸い蓋つきの籠があった。ここだけが雨妹の自由な空間だ。

一応牀には布団も置いてあるが、かなりの煎餅《せんべい》布団ぶりである。

――これ、絶対に干してないよね？

こっそり屏風の向こうを覗《のぞ》いても、布団は同じである。大部屋の布団はコレで、干すなら自分でどうぞということか。でもこれだと干してフカフカになった布団を他の人に持っていかれても、わからない気がする。

布団を干す場合は要監視と、雨妹は心に留め置く。これも恐らく出世すれば、いつかは個室を手に入れられるのだろうか。

ともあれ、自分の場所を粗方確認したら、籠の中を見てみる。するとそこには、宮女のお仕着せが用意されていた。

――おお、木綿だ！

雨妹は与えられた木綿の服に感動する。

これまで布地と言えば麻布だったが、これは風通しが良すぎるのが難点であった。麻布の上に他

の素材の布地の服を重ね着するならばともかく、麻の服を重ね着しても風の通り具合はあまり変わらないわけで。ゆえに寒さが厳しい時には、毛皮を羽織って暖をとることになる。

それも前世での毛皮のコートなんていう洒落《しゃれ》たものではなく、まさに動物の毛皮を剥《は》いだものをそのまま羽織るのだ。我ながらどこの山賊かと思ったものである。

それが木綿の服を着ただけで、一気に都風になった。

それは他の娘たちも同様のようで、屏風の向こうできゃあきゃあとはしゃぐ声がする。

——田舎ってどこも大して変わらないのか。

自分だけじゃないと、安心する雨妹だった。

全員荷物を置いて着替え終わると、再びおばさんの元に戻る。

大部屋なので、貴重品などは置かずに身に着けておく必要があるだろうが、生憎《あいにく》雨妹は盗《と》られそうなものは持っていない。

ただなにかに使うかと思い、荷物から布を二枚出して帯に挟み、集合場所へ向かう。

再び集まった雨妹たちに、おばさんが仕事を振り分ける。

「あんたたちの主な仕事は掃除《そうじ》と洗濯だ。しっかりやりな」

そう言って雨妹たちを洗濯組と掃除組に分けた。

洗濯と一言で言っても、後宮に暮らす人数は、宮女たちを含めれば千なんて軽く超えるはず。恐らく一日中洗濯物と格闘する毎日に違いない。

それに偉い人が着る絹の衣なんかを触らせてもらうなんて夢のまた夢で、まずは宮女たちの洗濯物を洗うところから始めるのだろう。

そして掃除については言わずもがな。後宮の広さを考えると、軽く掃いて終わりなどと考えるのは愚かというもの。きっと体力との勝負に違いない。

「まあ最初だし、一応選ばせてやるよ。掃除と洗濯、どっちがいい？」

おばさんに希望を聞かれる。

「はい！　掃除がいいです！」

雨妹はすかさず掃除組を希望した。

せっかく後宮に来たのだ、できるだけ行動範囲を広げたいではないか。最初はそれこそ宮女の住まい周辺の掃除だろうが、認められればきっとお偉いさんがいるあたりの掃除に回してもらえるはず。

雨妹は好奇心を満たすためなら、労力を惜しまないのだ。それに掃除が苦になる性格でもない。

「じゃあ、あたしは……」

雨妹が意思表示をしたのに釣られたのか、他の娘たちもポツポツと希望を言い出す。なにも言わずともおばさんが自動的に振り分けるのだろうが、自分の希望で就いた仕事の方が、本人もやる気が違うだろう。

「それじゃあ、それぞれの世話役から話を聞きな」

そう告げたおばさんに呼ばれて寄って来た数名の先輩宮女が、分かれた二組をそれぞれ連れて行く。

雨妹に宛《あて》がわれたのは、二十代の女だった。そこそこ美人な顔立ちな上に実に女らしい体型で、きっと男に声をかけられることが多いのだろうと推測できる。

しかしあえて難を挙げるならば、少々目つきがキツいところか。

「今は人手が足りないんだから、新人だからって楽できると思わないことね」

その女は初《しょ》っ端《ぱな》からそんな風に威圧的に言ってくるが、雨妹はムッとしたものの黙っておく。

「ふん……」

こちらがなにも反応しなかったのが面白くないのか、女は鼻に皺《しわ》を寄せて睨《にら》みつけると、箒《ほうき》と塵《ちり》取《と》りに雑巾《ぞうきん》が入った桶《おけ》を放り投げる。

「ついてきて」

雨妹は地面に落ちた掃除道具を拾って、言われた通りついていく。

が、ここで想定外の事態が発生した。

雨妹は最初だし、てっきり宮女の住まい周りの掃除かと思いきや。宮女の宿舎近くを離れ、どんどんと結構奥の方に連れて行かれる。

――っていうか、どこまでいくの？

そして到着したのは、ぱっと見は白い土壁と木造の庶民の広めの一軒家だった。しかし窓にガラスが入れられていて、細部に装飾が施されているのが高級感を出している。

おそらくこれは、妃嬪《ひひん》――皇帝の妻の住まいらしき建物だろう。宮というより屋敷と言うべき規模であり、立地も宮女たちの区域に近い隅の方だし、比較的下位の妃嬪の住まいと予想できる。

まさか早速前世のドラマ知識が生かされるとは。そしてこんなに早くに妃嬪の建物に近付けるなんて。

感動した雨妹がぼうっと建物に見とれていると。

「アンタはここの掃除だ。綺麗《きれい》に磨き上げな」

それだけを言って、女は元来た道を戻って行く。

――え？

ここが誰の住まいだとかいう、細かい説明は全く無しである。

一人残された雨妹は、女の姿が見えなくなるのを呆然《ぼうぜん》と見送る。

世話役とは、お世話をするから世話役なのだと思うのだが。それとも後宮では、あんなスパルタ方式が流行しているのだろうか。

しかし雨妹はすぐに立ち直る。早く仕事をしないと夕食に間に合わないではないか。

この国は基本一日二食だ。

なにせ夜明けと共に起きて、日暮と共に寝るのが普通の暮らしである。夜を照らすのに電気の明かりなどなく、行灯《あんどん》や蝋燭《ろうそく》の明かりで夜を過ごすのが精々。

だから一日の活動時間が現代日本よりも格段に短く、二食で事足りるのだ。

日本人的には、少し遅い午後のおやつくらいの時間に夕食を食べるので、昼を過ぎると夕食が迫って来ているというわけである。

夕飯抜きだなんて絶対に嫌なので、さっさと掃除しようと改めて建物を確認すると、外の回廊を通って室内に行く形の間取りになっている。

――それにしても、汚くない？

なんだか全体的に埃《ほこり》っぽいし、天井に蜘蛛《くも》の巣《す》が見える。今まで誰か掃除していたのだろうか。とてもそうは見えないが。

こんな状態なので今は空き家なのかと思いきや、窓越しに屋内を確認したところ、家具類がきちんと整っている。

ということは、この建物は空き家ではなく住人がいるらしい。だが人の姿がなく、現在は留守のようだった。

下位とはいえ、もしかしたら皇帝が来るかもしれない場所なのに、こんなになるまで放置されていたとは驚きだ。

「そして、一人でこれを掃除しろと」

一人残されたというのは、そういうことなのだろう。

しかし現在時刻は昼をとうに過ぎているため、夕食までの時間はあまりない。

なので、雨妹に与えられた掃除時間は短い。

「ようし、やってやろうじゃないの」

雨妹は、困難に直面すると燃えるタイプであった。

だがすぐには掃除に取り掛からず、始める前にガラクタが置いてある場所へ戻る。

掃除は効率的にしなければ無駄な時間を食うので、前準備を整えるためだ。

「ここにあるもの、貰《もら》ってもいいんですかね？」

「どうぞ、どうせ今度燃やすんだから」

雨妹が一応、近くで休憩中のふくよかな体型の女にガラクタの処遇を尋ねると、そんな答えが返って来た。

ここはどうやらゴミ置き場らしい。

雨妹はゴミの中から竹竿《たけざお》と擦り切れ破れたボロ布を手に入れ、持ち場へ戻る。そして竹竿の先を踏んで軽く割れ目を作ると、そこにボロ布を挟む。

「うん、こんなもんかな」

出来上がったのは、手の届かない天井の埃や蜘蛛の巣落としに使うもの。つまり長いはたきである。

恐らく天井の煤払《すすはら》い用の道具があるのだろうが、あの世話役らしい女の態度からして出してもらえるか謎だし、探す時間がもったいない。

要は掃除できればいいのである。

次に掃除で気を付けたいことは、綺麗にした後を自分が汚さないことと、汚れものを触って病気に感染しないようにすることだ。

なので雨妹は掃除を始める前に、持って来た布を頭巾《ずきん》にして髪を纏《まと》め、埃を吸ってくしゃみをしないように、マスク代わりに顔の下半分を布で覆う。

次に感染対策だが、残念ながらこの世界にはゴム手袋がない。仕方ないので後でしっかり手を洗うことにする。今度、消毒液作成用の工用酒精を探したい。

身支度が整ったところで、戻って掃除開始だ。

屋敷の室内に入っていいのかがわからないので、まずは回廊の掃除から始める。

掃除の基本は上から下へだ。まずは自作はたきで天井の埃を床に落として回り、次に箒で床に落ちた埃を集める。

それが終わると拭《ふ》き掃除だ。床はもちろん、柱や欄干に窓ガラスも丁寧に拭いて行く。

掃除に集中していると時が経つのを忘れ、気が付けば日が傾きだしていた。

「うわ、夕食を食べ損ねる！」

雨妹は慌てて掃除道具を片付け、帰り支度を始める。

後宮に入る前に、おじさんから揚げ饅頭《まんじゅう》を買ってもらって本当に良かった。でなければ、お腹《なか》が空いて体力がもたなかったかもしれない。

体力仕事をすればお腹が空くので、労働者は空腹を感じたら昼食代わりに間食をするのだ。

掃除道具を抱えて戻ろうとしていると、そこに中年女の供を一人連れた若い女がやって来た。

華やかな容姿というわけではないが、落ち着いた雰囲気のある女で、着ている服は絹である。

もしやこの屋敷の主だろうかと、雨妹は慌てて頭を下げる。

「まあ、綺麗になっているわ」

「ようやく掃除の人員を回してもらえたのでしょう」

建物を見て感心する女に、供の人もホッとした風に言う。

どうやら雨妹の掃除は合格のようだ。雨妹は頭を下げたまま小さく拳《こぶし》を握りしめる。

がしかし、厳密には掃除は終わっていない。

「あの」

雨妹は少しだけ頭を上げて女に申告する。

「中に入る許可をいただいているのかわかりませんでしたので、屋内の掃除はまだですが」

中に入ってガッカリされてはいけないと思い、外から見える回廊部分の掃除ができただけだと伝えた。

——あ、そうだ。

そして喋《しゃべ》りながら、顔に巻いた布を外すのを忘れていたことに気付く。きっとフガフガと聞き取りにくかったことだろう。慌てて頭巾とマスク布を外し、顔を晒《さら》す。

——危ない、怪しい奴だと思われるところだった。

「まぁ……」

布の下から案外若い顔が現れたからか、女も供も驚いた顔だ。

「あなたが一人で掃除を？」

女が不思議そうに目を瞬かせる。

「一人しかいないもので」

雨妹は素直に答えた。

「それはご苦労さまでしたね」

女が労《いたわ》りの声をかけてきたので、雨妹は内心「おや？」と首を傾げる。

普通は妃嬪はもちろん、女官に選ばれるのだって家柄の良い女がほとんどだ。故にそういったお嬢様育ちは、掃除の苦労なんて知らない。

けれど目の前の彼女は、掃除を苦労だと認識している。

——もしかして、元宮女の人なのかも。

後宮の女は全て皇帝の手が付く可能性があるのだから、だとしてもおかしくはない。

だがそう考えると、俄然《がぜん》親近感が湧いてきた。

「では、明日にでも中をお願いします」

雨妹が勝手に親密度を上昇させていると、供の人がそう告げて来た。

そうしたいのは山々だけれど、明日の自分の掃除区分を自分で決められるのか謎だ。

「……上司に聞いておきます」

雨妹としては、とりあえずそう答えておくしかない。

それから夕食に間に合うようにと、掃除道具をガチャガチャいわせながら早歩きで戻った。

するとちょうど頃合いだったようで、台所から美味しそうな匂いが漂ってきて、空腹を刺激する。

——早くご飯に行きたい！

「っていうか、掃除道具はどこに仕舞うのよ」

これを片付けなければ、夕食にありつけないではないか。雨妹が誰かに尋ねようとキョロキョロしていると。

「ちょっとアンタ」

そんな雨妹を見ていたらしいあの世話役の女が、離れた所から大股《おおまた》で歩み寄って来た。

「掃除できたんでしょうね？」

念を押す言葉とは裏腹に、表情が「どうせ大したことをせずに帰って来たんだろう」と言っている気がする。

雨妹は女を真《ま》っ直《す》ぐに見て答えた。

「はい、あのお屋敷の外回りの掃除は終わりました。そして屋内の掃除を明日お願いしたいと、お屋敷の方から頼まれています」

本日の掃除具合を報告する雨妹に、女は「終わった？」と小さく呟《つぶや》くと眉《まゆ》をひそめた。

「どうして中を掃除しなかったの？」

責めるような声音だったので、時間がなかったという理由は言わない方がいいなと思った。第一、時間があっても自分は屋内には入らなかっただろう。

「入っていいと言われませんでしたし、尋ねる人が誰もいませんでしたので」

雨妹の言葉に、女は鼻に皺《しわ》を寄せた。この仕草は癖なのだろうか。

「……田舎者のくせに、こざかしい」

そう小さく言い捨てて、女はまた大股に歩き去っていく。

——ははぁん……。

どうやら彼女は、雨妹にわざとそのあたりを説明しなかったらしい。おそらくは勝手に入って盗みを働こうとした云々《うんぬん》と文句を言う気だったのだろう。

前世ドラマでありがちなイジメパターンだ。

——なんか、面倒なのに当たったなぁ。

雨妹はため息を吐いて、掃除道具を仕舞う場所を別の宮女に聞きに行くのだった。


翌朝、雨妹は自分の牀《しょう》の上ですっきり目覚める。

自分が枕や寝床が変わると寝られなくなるといった体質でないことに、今更ながらに感謝したい。

多少布団が湿気《しけ》っていたが、痒《かゆ》くはならなかったので及第点だろう。

——早く仕事が終わったら、絶対に布団を干そう。

そう決心しつつ寝床を片付けて身支度をした雨妹は、食堂に行って食事する。

食堂は宮女たちでごった返していた。

食堂内は換気があまり良くないらしく、竈《かまど》の煙や煮炊きで出る湯気で屋内が煙っている。

でも隙間風が酷《ひど》過ぎる中、凍えながら食べるよりはマシだろう。

聞いたところによると、女官や個室を持っている宮女は自分の部屋で食べる人が多いらしく、ここにいるのは大抵が雨妹のような下っ端宮女だ。

なので質より量の安っぽい料理が出されるらしいが、雨妹としては皿に少量盛られただけの高級料理よりは、こちらがいい。

安っぽい大皿料理大歓迎だ。

この食堂は前世で言うところのセルフサービス式である。それに後宮には様々な地方から人が集められているので、台所番の宮女の故郷の食事がよく出るのだそうだ。

そして本日の朝食は温めた豆乳と油条《ユウテオ》という、いわゆる揚げパンだ。

雨妹は早速、器にたっぷり盛られた豆乳と油条を貰《もら》う。

「ふわぁ、美味しそう！」

油条はサックリと揚げられていて、香ばしい香りが食欲をそそる。

——いただきます！

早速一口頬張れば、素朴な小麦の味がした。

しかしこの油条の食べ方はこれだけではない。次に豆乳に油条を浸し、ふやけてトロリとしたところで口に持っていく。

豆乳は甘く味付けされていて、それが油条に染みていていい味わいになっている。

「んー、甘い、幸せ！」

——これ、前世でもよく友達と屋台で食べたなぁ。

他にもなにが食べられるのかと、この先の朝食に期待をしつつ、モリモリ食べていると。

「ちょっといいかい？」

昨日雨妹たちが最初に会った、あのおばさんに声をかけられた。

彼女は楊玉玲《ヤン・ユリン》といい、宮女たちを監督指導する立場であるらしい。

「……」

なにか答えなくてはと思うものの、いかんせん油条を口いっぱいに頬張っているため、なかなか飲み込めない。

「待つから、喉《のど》に詰まらせないようにしな」

楊は呆《あき》れた顔でそう言った。

雨妹が食いしん坊なのではない、ここのご飯が美味しいのが悪いのだ。

ようやく口の中の物を飲み込んだ後、雨妹は改めて尋ねた。

「なんでしょうか？」

「王《ワン》美人から申し入れがあった、昨日の娘に今日も掃除をして欲しいとね」

「……王美人？」

——えっと、誰？

雨妹は初めて聞く名に眉を寄せる。

考え込む様子を見た楊は、再び呆れた顔をした。

「なんだい、知らずにいたのかい？　お前さんだろう、昨日王美人の所を掃除したのは」

——ああ、昨日のお屋敷の主さんか！

なんと、あの人は美人の位らしい。

ここで説明しておくと、後宮に集められた女たちには厳然たる序列がある。

それは細かく分かれており、皇帝の正妻である皇后、その下の位の四夫人である貴妃・淑妃・徳妃・賢妃、さらにその下に九嬪の昭儀《しょうぎ》・昭容《しょうよう》・昭媛《しょうえん》・修儀《しゅうぎ》・修容《しゅうよう》・修媛《しゅうえん》・充儀《じゅうぎ》・充容《じゅうよう》・充媛《じゅうえん》、さらに二十七世婦の婕妤《しょうよ》・美人・才人がそれぞれ九名ずつ、八十一御妻の宝林《ほうりん》・御女《ぎじょ》・婇女《すいじょ》がそれぞれ二十七名ずつ、という風に続く。

これら全てが皇帝の妻である。この女たちを回るだけで皇帝は幾夜を費やすのかと、雨妹としては心配になるくらいだ。

ここに皇帝の母である皇太后、祖母である太皇太后なんかもいたりすると、後宮内の権力争いが複雑化したりするのが、華流ドラマでのお約束だった。

さて、話を戻すと。

件《くだん》の美人というのは二十七世婦の中の位で、高くもないが低くもない、といったところか。あの屋敷の規模からして納得である。

「事前説明もありませんでしたし、本人に尋ねるのも失礼かと思いまして」

「全く、あの娘は……」

雨妹が昨日の状況を説明すると、楊の表情が険しくなる。あの世話役の女がなにも言っていないとは思っていなかったのだろう。

そして改めて話を聞くと、王美人は昨日の雨妹の反応に心配になり、楊に直談判《じかだんぱん》してきたという。

「私も話を聞いて様子を見に行ったが、よく半日であそこまでやったね。しかも一人で」

「掃除は要領と計画性ですから」

掃除の順序を守り、ここまでするという範囲を決めるのが大事だ。昨日は屋外だけを掃除すると割り切ったからよかったのだ。

「……お前さん、難しい言葉を知っているんだね」

楊が胡乱《うろん》げな視線を雨妹に向けた後、大きくため息を吐いた。

「来た初日からあんなに働いたのは、お前さんだけだよ。他の娘たちは世話役から話を聞くだけで、仕事なんてしてないっていうのに」

なんと、雨妹に初日から労働させるつもりではなかったらしい。全てはあの世話役の暴走だという。

「本当は新人と一緒なら、さすがの梅《メイ》も仕事をするかと思ったんだがね」

世話役の女は名を李梅《リー・メイ》というらしい。そしてどうやらサボり癖のある宮女のようだ。

――状況がわかっているんだったら、他の人を回すとかできなかったの？

まさに塵《ちり》も積もればなんとやらで、屋敷は酷い様子だった。こまめに掃除していればなんてことないのに、長期間放置したせいで掃除困難物件となり果ててしまったのだ。

別に梅にやらせることに固執せずに、別の人員を配置することもできただろうに。

それともそれができない事情が、なにかあるのかもしれない。なにせ女の怨念《おんねん》渦巻く後宮だからして。

「とにかく、王美人の屋敷の掃除、頼んだからね」

楊はそう言って油紙の包みを一つ、卓の上に置いて行った。

「……おぉ？」

その包みを開いてみれば、中にあるのは饅頭《まんじゅう》だった。横に切れ込みが入っていて、卵焼きが挟んである。卵焼きには屑《くず》野菜や肉の端切れを混ぜて焼かれていて、いかにも栄養がありそうだ。

――やった、今日のおやつだ！

しかも卵なんて、なんと贅沢《ぜいたく》な。雨妹はその美味しそうな匂いのせいで、今すぐ食べたくなるのをぐっと堪《こら》え、包み直して懐にしまう。

こうして食事を終えた雨妹が、おやつと掃除道具を持って昨日の場所に行くと、王美人と供の人が待っていた。

「今から留守にしますから、その間に掃除をしてください」

供の人がそう言ってくる。

「わかりました。触ってはいけない物などはありますか？」

雨妹の確認に、お供の人は一瞬目を細めた。

「……壺《つぼ》と鏡は陛下からの贈り物です、心して扱うように」

その答えを聞いてから、出かける二人を見送ったら、掃除開始だ。

まずは昨日と同じように頭巾《ずきん》とマスク布を装着し、掃除の格好になる。

「お邪魔しまーす」

誰もいないのだが、つい声をかけながら戸を開けて中に入る。

――うーん、屋内もなんだか空気が埃《ほこり》っぽい。

けれどもよく使う辺りは、それなりに掃除されていた。

昨日もそうだったが、王美人についているのはあのお供の人だけで、他に留守番の人員が見当たらない。お付きの宮女がいれば、掃除くらい梅がサボってもそれなりにやりそうなものなのに。

人手が足りないという梅の話は、あながち嘘《うそ》ではないようだ。

——ここは、ちょっと頑張りますか！

雨妹はまず窓を全開にして空気を循環させる。

辺境よりは暖かいとはいえ風はまだ冷たいので、王美人も供の人も普段は窓を開けないのかもしれない。それでも掃除が入っていれば、換気くらいしただろうが。

「ようやく掃除の人員を回してもらえた」とお供の人が言っていたので、掃除自体がずっとされていないための埃っぽさだろう。

もし王美人が雨妹の推測通り元宮女であるなら、この埃具合はもどかしかったに違いない。自分で掃除できれば手っ取り早いのに、偉くなったら掃除をしてはいけないのだから。

掃除は宮女の仕事で、それを王美人自らがやってしまったら、他の妃嬪に馬鹿にされてしまう。そうなると後宮内での立場が悪くなる。

となれば、屋内の一部が掃除されているのは、王美人とお供の人がコソコソと行った成果だろうか。外を掃除していれば他の妃嬪たちから笑われそうだが、屋敷の中だと見えないことだし。

——皇帝の奥さん稼業も大変だな。

感傷に浸るのは後にして。

空気の入れ替えの次に、牀の上の布団を剥《は》いで外に持って出る。それを昨日掃除したばかりの欄干の日当たりのいい場所にかけて干すと、お手製はたきの竹竿《たけざお》部分で叩《たた》いて埃を落とす。

「ふぁっ、埃っぽい！」

とんでもない量の埃が出た。

これで毎晩寝ていたら、くしゃみが止まらないのではなかろうか。アレルギーがあれば悲惨なことになる気がする。

それから屋内の細々した物を移動させて、外の一か所に纏《まと》める。陛下の贈り物だという壺と鏡は棚から下ろし、念のために見える場所に置いておく。

割らないようにするためには、最初から割れない場所に置いておけばいいというわけだ。

これらの作業が済んだら、後は昨日と同じ手順である。

はたきで天井の埃を落とし、床の塵を掃き、仕上げの拭《ふ》き掃除《そうじ》。どうしても埃の溜《た》まりがちな牀周りを、特に綺麗《きれい》にする。

途中休憩に榻に貰《もら》ったおやつの饅頭を食べ、その美味しさに頬を緩めた後、さらに掃除すると、今日は日が傾きだす前に終わった。

小物類や壺や鏡もしっかりとはたきをかけて埃を落としてから磨き、元の位置に戻すと、改めて室内を見渡す。

「うん、いいんじゃないの？」

我ながらいい仕事をしたと雨妹が自画自賛していると、ちょうど王美人が戻ってきた。

雨妹は頭巾とマスク布をとると、頭を下げる。

「まあ、綺麗になったわね」

「ようございましたね」

埃っぽくない室内の様子に、感激して笑みを浮かべる王美人に、供の人も一緒に喜ぶ。

「大変だったでしょう？　お掃除本当にありがとう。あなたの名前は？」

「張雨妹です」

王美人にお礼と一緒に尋ねられ、雨妹は名乗った。

「そう、雨妹。これはお礼よ」

そう言って王美人がお供の人を介して渡したのは糕《カオ》という、前世で言うところの蒸しパンだった。

糕《カオ》にも色々種類があるのだが、これはふんわりとしていてちょっとカステラっぽい卵の香りが、夕食前のお腹を刺激する。

――おおぉ、今世初蒸しパン！

「貰っていいんですか？」

新たな甘味との出会いに感激する雨妹に、王美人が「もちろん」と頷《うなず》く。

「言ったでしょう？　お礼だって」

掃除は雨妹の仕事であって、お礼を言われるものではない。

だがそれを当然と思わない王美人の気持ちが嬉《うれ》しかった。

「では、いただきます」

夕食前のおやつが手に入って思わずにやける雨妹に、王美人は微笑《ほほえ》んだ。

「私のこと以外にも、この建物がまた以前のように綺麗になったのが嬉しいの」

どういうことかと目を瞬かせる雨妹に、王美人が告げる。

「ここはね、私の前にも美人が住んでいたの。私は残念ながらお会いしたことがないのだけれど、とても心優しい方だったと、いつか陛下に伺ったことがあるわ」

そう語る王美人の傍らで、供の人が頷く。

「私は以前にここにいらした方と陛下の、仲睦《なかむつ》まじい御様子をお見かけしたことがございます。その方は、華やかな美貌《びぼう》というわけではない人でしたが、不思議な色合いの青っぽい髪でしたね。そう言えば、あなたのその髪と雰囲気が似ている気がします」

そう話す供の人が、雨妹の髪に目を留める。夜空の色のような、青っぽい黒髪に。

「まあ、そうなの？　確かに綺麗な髪だと思ったけれども」

驚く王美人に、雨妹はほんの一瞬固まった後、ニコリと笑みを向ける。

「それは偶然ですね。もしかしたら、ご先祖様が近い方だったのかもしれません」

そう応じた雨妹に、王美人も「だとしたら素敵な偶然ね」と微笑んだ。

そんな話をしていると、日差しはだんだんと傾いてくる。今日は余裕をもって夕食に向かいたい。

「では、私はこれで」

王美人と供の人に向かって一礼すると、王美人に手を握られた。

王美人は手入れをされてなめらかな肌だが、よく見ると細かな傷跡が見られ、労働者の手であることが窺《うかが》える。

「雨妹、本当にありがとう。あなたは素晴らしい宮女だわ」

「お褒めの言葉、嬉しく思います。呼んでいただければ、また掃除に参りますので」

感謝された雨妹はそう返すと、もう一度一礼してこの場を去った。

「危ない、危ないっと」

そう呟《つぶや》く声は、幸い誰にも拾われなかったらしい。

そしてその後一人でコッソリ味わった糕《カオ》の味は、この世のものではない天上の菓子だと思えた雨妹であった。


こうして一仕事をしてぐっすり寝た、翌朝。

「今日は雨かぁ」

朝から雨妹は軽く眉《まゆ》をひそめる。

雨は昨夜から降り出し、現在もシトシトと後宮を濡《ぬ》らしている。

おかげで晴れやかな気分になれないが、それでも仕事が待っているのだ。

——今日の掃除はどこかなぁ？

見ごたえのある場所だといいなと思いつつ、朝食を摂りに食堂へ向かっていると。

「嫌よ、絶対に行かないわ！」

食堂の入り口前で、例の世話役の梅の怒鳴り声が漏れ聞こえた。

「……なにごと？」

雨妹が思わず食堂前で足を止めると、続いて楊の声が聞こえてくる。

「体よく新人に自分の仕事を押し付けたようだがね、そもそも王美人の屋敷の世話は、梅の仕事だろう？　だったらこれもお前さんにしてもらうべきことだ」

「どうしてこの私が、あの女の世話なんかをしなきゃならないのよ⁉　それに呪いにかかったらどうしてくれるの⁉」

諭すような楊に、梅が噛《か》みついている。

──今度は一体なんなのさ？

どういうことなのか、さっぱり状況が見えてこない。わかるのは、梅が仕事を嫌がっているという事実だけだ。

そして、非常に食堂へ入り辛い。

どうしたものかと思っていると、やがて梅が食堂から出て来た。雨妹の存在には全く気付いていない様子で、ズンズンと大股《おおまた》で去っていく。

──なんだったんだろう？

雨妹が首を捻《ひね》りながらも食堂に入ると、中は微妙な空気が漂っていた。

厳しい顔の楊が席についていて、他にも丁度食事中だった宮女もちらほらいるのだが、彼女たちがヒソヒソと話すのが聞こえる。

「梅のサボり癖は困ったものだけれど」

「これはさすがにねぇ」

「私も嫌かも」

そんな会話をする宮女たちだが。

「……」

楊に無言でジロリと見られると、食事が残っているにもかかわらず、さっと席を立って皿を戻し、食堂を出ていく。

――朝をちゃんと食べないともたないのに、それにもったいないし。

雨妹はそんなことを考えつつ、とにかく朝食を食べてしまおうと食事を貰いに行く。

お楽しみの今日の朝食はというと、昨日の油条を使った煎餅果子《ジエンビングオズ》だ。熱した鉄板に穀物粉の生地を薄く広げて卵を落とし、焼きあがったものに油条や野菜などの具やタレを載せて巻いたものである。

――う〜ん、朝からがっつりしてるなぁ。

ちなみにこの国では朝食をたっぷりと食べ、夕食を軽く済ませるのが慣習となっている。特に労働者は朝からしっかりと食べないと、体力がもたないのだ。

その点昨日の料理もそうだが、この煎餅果子も腹持ちが良さそうで、いかにも労働者のご飯だ。

雨妹がその香ばしい煎餅果子をワクワク顔で受け取ると。

「困ったもんだねぇ、全く」

台所からそう話しかけられた。

「これじゃあ食事が不味《まず》くなるってもんだよ、そう思わないかい？」

雨妹に問いかけて来たのは、後宮に着いた初日にゴミ置き場近くで休憩していた女だ。

「あ、あの時の人」

「やぁ、新人さん」

気付いた雨妹に、女は気軽に手を上げる。どうやら彼女は台所番だったようである。その姿は少々大柄でふくよかな身体《からだ》つきで、髪を頭の上で一つに括《くく》っており、雨妹に愛嬌《あいきょう》のある笑顔を向けていた。

「この間はどうも、助かりました。私は張雨妹って言います」

雨妹が先日の礼を兼ねて自己紹介をすると、女はニカッと笑う。

「なんの、アタシは知っていることをそのまま話しただけさ。路美娜《ル・メイナ》、よろしくね新人さん。アタシも早番で丁度今から交代だから、一緒に食べようじゃないか」

気さくそうな美娜に、雨妹は「ぜひ！」と頷く。

辺境の生活で一人ご飯には慣れているとはいえ、やはり食事は会話を楽しみながらしたいのである。

こうして美娜と一緒に卓を囲むこととなった雨妹は、まずは目の前の煎餅果子をガブッと頬張った。

――うーん、美味しい！

外の生地がパリッとしていて、そのまま食べ進めると中のさっくりとした油条に行き当たる。しかも一緒に包まれたタレがよく合う。

全体的に非常にパンチが効いている味で、今日一日頑張れそう！　と思える朝食だ。

美味しい食事にニコニコモリモリと食べる雨妹に、美娜が「いい食べっぷりだねぇ」と感心する。

「それにしても、アンタも不幸なことだよ、梅の尻拭《しりぬぐ》いをさせられてさ」

そして苦笑交じりに言われた。これには、雨妹も苦笑を返す他ない。

やはり周囲からも、尻拭いだと見られていたのか。

「まあ、仕事ですし。お屋敷の人に喜んでもらったからいいんですが。あの梅って人、なんで初《しょ》っ端《ぱな》から喧嘩腰《けんかごし》なんですか？」

雨妹は素朴な疑問を口にした。

梅とは当然初対面なので、恨まれる筋合いはないのだが。

これに、美娜が笑いながら説明してくれた。

「梅は国の各地から集められる女たちの中でも、ここ梗の都の生まれでねぇ」

ほとんどの宮女は気にしないのだが、都生まれの宮女は威張り散らす傾向があるのだとか。

——なるほど、それで「田舎者のくせに」か。

どうやら宮女の間にもヒエラルキーがあるようだ。

そして梅は働くためというより、宮女から出世して、ゆくゆくは妃嬪の仲間入りをするのが目的で後宮入りしたらしい。なので普段から仕事を全くせずに、美しさを磨くことばかりをしているという。

そしてこれこそが、王美人の屋敷の掃除を嫌がった理由に繋《つな》がるのだとか。

「実は王美人は元宮女でね、しかも梅と同じくらいにここへ来たのさ」

「……なるほど」

美娜の言葉に、「やっぱりか」と思うと同時に、雨妹は梅の言動の理由がわかった気がした。

――自分は最初っから妃嬪を目指していたのに、隣からその地位を掻《か》っ攫《さら》われちゃあねぇ。

王美人は皇帝に見初められ、梅よりも先に妃嬪となった。

しかも一見、言ってはなんだが美人な梅と比べたらパッとしない女にである。

これで梅が嫉妬《しっと》しないはずがない。

「しかも陛下は、王美人のことが結構なお気に入りらしいんだよ」

「ははぁ、それはそれは」

だから腹立ち紛れに、王美人の屋敷の掃除をせず、ゴミ屋敷に仕立て上げたのだろう。これで皇帝に嫌われればいいと思って。

――そんな梅さんの嫌がらせに、乗っかった人がお偉いさんにいたんだろうなぁ。

でないと、あそこまで酷くなる前に人員交代がありそうなものだ。

「で、自分もやってやる！　と息巻くものの、未だにお声がかからないんで、焦っているんだろうねぇ」

皇帝の妻である女たちに下っ端宮女が対抗するには、珍しい特技を持っているなら話は別だが、そうでなければ若さ溢《あふ》れる肉体で勝負するしかない。

けれど特技などない梅は、年齢も二十代後半に差し掛かり、若さで勝負というわけにもいかなくなった。

それで当たり散らしているというわけか。

――もしかして、皇帝の好みと外れているんじゃないの？

梅の野望が叶《かな》っていない理由を、雨妹はそう分析する。

男が好む女なんて十人十色であり、必ずしも美女がモテるというわけではない。前世の日本でも、案外ふくよかな女がモテたものだ。

上位の妃嬪や皇后の姿を見たことはないが、皇帝が見初めた王美人の容姿は華やかというより、おしとやかというか、穏やかというか、正直に言うならば地味であった。

後宮の顔というべき皇后や上級の妃嬪は美しい女を揃《そろ》えているのかもしれないが、もしや皇帝の本当の好みは地味顔な可能性がある。

だとすると、華やかな容姿の梅は不利なわけだ。今まで美貌《びぼう》が自慢だったであろう本人はさぞ悔しいだろう。

そんな梅の事情はともかくとして。

「で、梅さんのことはわかりましたけど。さっきの騒ぎはなんだったんですか？」

雨妹の疑問に、美娜が「ああ」と少々暗い顔をした。

「王美人が風邪を引いたらしくてね、結構重症みたいなんだ。その看病の手伝いを、そもそもあその担当である梅にさせようってことだったみたいだけどね」

「え、王美人が風邪ですか？」

美娜の話に雨妹は驚く。昨日会った時、王美人に具合の悪そうな様子はなかったのだが。

「昨日お会いした時は、そんな風には見えませんでしたよ？」

そう告げる雨妹に、美娜が説明する。

「なんでも急に体調が悪化したらしいよ。それで看病の人員が欲しいってことだったみたいだけど、今はどこも人手不足だからねぇ」

それで猫の手でも借りたいというわけで、サボり魔の梅を引っ張り出そうとしたわけか。

「人手不足って、そんなに人がいないんですか？」

王美人にも、供が一人しかいなかった。さすがに美人に付いている人員が、あの人だけということはないだろうと思っていたのだが。

「いないねぇ。食堂だって冬前だったらどこだってもっと混み合っていたのに、今じゃあスカスカで食べやすいったらないよ」

雨妹の問いに美娜が答えつつ、肩を竦《すく》める。

「それはまた、なにが原因で？」

「最初は風邪の流行だったけど。ま、色々さね」

雨妹のさらなる疑問に、しかし美娜が言葉を濁す。なにやらはばかることがあるようだ。

――でも後宮って場所柄、大量解雇ってのはないだろうし。

最初は風邪の流行だったと、美娜は言った。だとしたらその線で考えてみる。

でも風邪で死亡するのはあり得なくもないものの、それは体力の弱い子供や年寄り、元々病弱な人の話だ。

できる限り健全な女を集めている後宮で、風邪が原因でそんなにバタバタ死亡者が出るだろうか？

——うーん、謎だ。

しかし、その謎はひとまず置いておくとして。

今問題なのは、王美人の看病人員の話だ。梅のあの様子だと、絶対に行かないだろう。

王美人は糕《カオ》をくれた優しい人だったので、できれば酷いことになって欲しくない。

それに病気の人の看病とあっては、前世看護師としては知らぬふりをしてはおけないではないか。

「看病のお手伝いなら、私が行きます！」

「え、お前さんがかい？」

雨妹が「はいっ！」と挙手しながら言うと、美娜が目を丸くする。

「はい。私なら新人ですから、抜けたところで仕事にもまださほど影響がないですし」

「そりゃそうかもしれないがねぇ……」

前のめりな雨妹に、美娜が困ったような顔を見せていると。

「よしな」

そこへ、楊が会話に割り入ってきた。どうやらあのままここで朝食を食べていたらしい。

「まだなんにも知らない新人だっていうのに、呪い憑きだと言われて隔離されるのは、さすがに酷さね」

「そうだよねぇ」

楊の言葉に、美娜も頷《うなず》く。

——え、なに？　呪い憑き？

突然のオカルト用語に、雨妹はきょとんとした顔になる。

「なんです？　その『呪い』っていうのは」

雨妹の疑問に、楊はなにも答えず、代わりに美娜が口を開いた。

「アタシらも詳しくは知らないんだ。けれど今ここには呪いが蔓延《はびこ》っていると、皇太后陛下付きの道士様が仰《おつしや》ったんだよ。そして今回の王美人も、その呪いに違いないって皆が噂《うわさ》しているのさ」

この道士というのは、医学・薬学・易学などに加え、房中術——性生活の技による男女和合の道や、錬金術のようなものまで、手広く学ぶ集団である。日本で言うところの陰陽師《おんみようじ》的存在で、華流ドラマでもよく登場したものだ。

残念ながら、彼らに仙術などの要素は皆無だ。けれど俗世にいないだけで、この世のどこかに存在しているかもしれないという希望は、華流ドラマオタクとしては捨ててはいないが。

道士に抱く夢はともかくとして、今回の騒ぎの元の道士の後ろにいるのが皇太后とは、急に大物の名前が出たものだ。

皇太后というのは、元皇后にして皇帝の生母である人に与えられる称号である。

皇帝の位が次代に移る際、先の皇帝の妃嬪たちは、後宮から出なければならない。だがその時、唯一の例外となるのが、皇帝の生母である。

そして新たな皇帝の生母となる女が元皇后であった時のみ、皇太后を名乗れるのだ。

皇后となり得る女は、家柄も良いと相場が決まっている。そんな立場の人物が皇帝の生母という立場まで持ってしまったら、もう常人には太刀打ちできない権力を手にしていることとなる。

前世の華流ドラマでも、お約束のラスボス的存在だったのだが。実際皇太后は、現在後宮の実質的な支配者だという話が、雨妹の耳にも聞こえている。

そんな人のお付きの道士が「呪い」だと言えば、それは真実となるだろう。

「でも、王美人は風邪なんですよね？」

「医者の見立てだとね。でも風邪の薬じゃあ治らない熱病が、ここのところ蔓延っているのも事実さ。そして道士様曰《いわ》く、それが呪いなんだと」

そう話す美娜に続いて、楊がため息を漏らす。

「こっちは道士でもなければ医者でもないから、実際のところを確かめようもない。けれど呪い憑きに係《かか》われれば、ほとんどがやがて倒れ伏し、まもなく死んでしまうのは本当だよ。これでどれだけの宮女がいなくなったことか」

——ははぁ、係われれば死んでしまう呪いか。

確かにオカルトネタとしては持って来いな表題だ。

雨妹は前世で看護師だったが、オカルトものもそこそこ好きだった。看護師なんてやっていると、そういう話はことかかないものなのである。

けれど、この今の状況は果たして呪いなのか風邪なのか、どちらなのか。

そしてもし風邪ならば、適切に対処すれば治るのだ。

「王美人をお世話する人って、そもそもそんなにいないんですか？　私もお一人としかお会いしていませんけど」

雨妹が尋ねると、楊が重い息を吐いた。

「前は数人女官がいたけどね。ここ最近の人手不足で、一人を残して全て皇太后陛下に皇后陛下、四夫人の元に移動させられちまったよ」

なるほど、お偉いさんのお世話の人数は減らせないというわけか。それで割を食う立場の人は、たまったものじゃないだろうに。

「おかげで贅沢《ぜいたく》は言ってられないってことで、人手を減らされた女たちは宮女の真似事《まねごと》をしなきゃならないって、大いに不満を漏らしているところさ」

やはりそういうことになっているらしい。

困っている時は皆で苦労を分かち合って乗り切ろう、という風にならないのは、序列社会でありがちなことだ。

「そんな所になにも知らない新人を放り込むほど、こっちも考え無しじゃあないよ」

楊が眉間《みけん》に皺《しわ》を寄せつつ、そんなことを言う。

怖い顔になっているが、要するに雨妹の心配をしてくれているらしい。なんとも、顔と気持ちが一致しない人のようである。

心配してくれるのはありがたいが、それでも王美人のことが気になる。

「とにかく、少し様子を見に行くだけでも駄目ですか？　私は辺境暮らしでしたから、風邪には強いんです！」

「……そうか、雨妹は辺境出身なのかい」

健康自慢で胸を張る雨妹を見て、楊が目を細めた。

それからやるのやらないのと、しばしの押し問答を繰り返した末。

「仕方ないねぇ、じゃあお前さんに任せるよ」

「はい、お任せください！」

こうして王美人の看病の権利をもぎ取った。

「全く、自分から厄介事に首を突っ込もうなんて、物好きにも程がある」

根負けした楊とその様子を見ていた美娜は、若干呆《あき》れ顔《がお》だ。

「いいかい小妹《シャオメイ》、危なそうと思ったら、すぐに看病を止《や》めて戻るんだよ？　せっかく入った新入りをすぐに減らされたんじゃ、たまったものじゃないからね」

楊はそんな風に憎まれ口を叩《たた》いたものの、雨妹は「小《シャオ》」の愛称で呼ばれたことに驚いて、目を丸くする。

「小」とは年上の者が若い者を呼ぶ時の愛称だ。けど思えば辺境で、自分をそんな風に呼ぶ人はいなかった。

尼寺の尼たちは雨妹を大事にしてくれたものの、とある理由で打ち解けようとはしなかったのだから。

――小妹か、なんか嬉《うれ》しいかも！

「はい、頑張って看病してきます！」

元気よく返事をする雨妹を、楊と美娜が「やれやれ」といった調子で見ていた。

というわけで雨妹は朝食を食べ終えたら、降り続く雨の中雨笠《あまがさ》を被《かぶ》り、王美人の屋敷へ向かった。

今日は掃除ではないが、頭巾《ずきん》にマスク布姿の完全防備だ。

風邪を引いた人の元へ行くのに、無防備は良くない。周囲から悪目立ちしようと、これだけは譲れないのである。

――やっぱりアルコール除菌液がいるな。

近いうちにどこかで材料を調達して作ろう。そう決意しつつ屋敷へ到着する。

「もぅし、楊おばさんに頼まれて看病のお手伝いに来ました」

雨妹が声を上げると、屋敷の戸が開いた。

「はい、どうぞ」

そして顔を出したのは、王美人の供の人だった。

しかし彼女は雨妹を見て、不審者を見る顔になる。

「なんですか、あなたは?」

――あ、しまった。

自分としては必要な装備だと思うものの、雨笠越しに頭巾とマスク布というのは、確かに見た目が怪しいかもしれない。

雨妹は慌てて雨笠を取り、マスク布をずらす。

「雨妹です。看病のお手伝いに来ました」

そして先程言った内容をもう一度伝えると、彼女はホッと息を吐いた。どうやら相当怪しかったらしい。

「本当に昨日の娘さんだわ。まさかあなたが来るなんて」

こちらの姿を確認して困惑したような彼女に、雨妹はぺこりと頭を下げる。

「自分で名乗り出ました。王美人は糕《カオ》をくれたいい方ですから」

「まあ……」

雨妹の言い方が可笑《おか》しかったようで、彼女が微《かす》かに笑みを零《こぼ》す。

こうして少々打ち解けたところで、雨笠を戸の近くに掛けさせてもらい、早速王美人の様子を見に行く。

その際すぐにマスク布を元に戻した雨妹に、彼女は謎の物体を見るような目をする。

しかし、この格好を改めるつもりはないわけで。

「これは私の仕事姿ですので、お気になさらず」

雨妹はそう断っておくと、彼女はなにも言わなかった。「ちょっと変わった娘だ」くらいは思われただろうが。

そんなやりとりがあった後、王美人の寝室に向かうのだが。

「ゴホッ、ゴホッ……」

寝室に近付くにつれて、酷く咳《せき》込む音が聞こえてきた。

「昨夜から咳が酷いのです」

心配そうな顔の彼女に、雨妹は尋ねてみた。

「昨日の夜から、ずっとですか？」

「ええ、苦しそうで見ていられません」

そう話しながら寝室を覗《のぞ》くと、牀《しょう》に横たわる王美人がいた。

「恩《エン》様、昨日の雨妹が看病の手伝いに来ましたよ」

王美人の名であろう、彼女がそう呼び掛けながら告げる。

「まあ、あの娘が？　ゴホッ！」

すると王美人が身体を起こそうとするが、すぐに咳込んで布団に逆戻りだ。

「無理をなさってはいけません」

彼女はすぐに王美人に布団をかけ直し、乱れた髪を整える。

その間に雨妹が牀にそっと近付くと、王美人は赤らんで苦しそうな顔をしていた。

「雨妹、ここで恩様の様子を見ていてもらえますか？　私はその間に他のことを済ませてきますから」

「はい、どうぞ」

彼女のお願いに雨妹が頷くと、彼女は足早に部屋から出ていく。一人であれもこれもしなければならないなら、彼女もさぞかし大変だろう。

こうして二人だけになった室内で、雨音に交じって王美人のコンコンと小刻みに咳をする音が響く。

雨妹はその額に載せられた濡《ぬ》れた布を取ると、額に手を当てて熱を測り、続いて腕を取って脈を確かめる。

――熱は微熱程度、脈の乱れもない。

顔が赤らんでいるのは、咳のし過ぎだろう。そう判断して、布を置いてある桶《おけ》の水に浸して絞り、額の上に戻す。

高熱でなく、ただ咳が酷いだけの症状。

これは風邪というより、むしろ――

「ありがとう、助かったわ」

雨妹がとある考えに行きつこうとした時、供の人が用事を済ませて戻ってきた。

「あなたが来てくれて助かるわ。こういう状況になるから、せめてもう一人お付きの者が必要だというのに……」

彼女がそう零し、同僚が上級妃嬪たちに連れていかれたことを嘆く。

しかし厳しい序列社会である後宮において、上位の者が決めたことに否とは言えないのだろう。

――その上、呪いの疑いがかけられているんだっけ？

それはいかにも不名誉な響きだ。

人手不足問題もあるし、ここは王美人に速やかに回復してもらうのが最善だろう。

そのためにも、王美人がなんの病気なのかを、確かめる必要がある。

しかし、まずは咳が続く王美人の苦しみを和らげることが先だ。

「私、咳で苦しい時、楽になる姿勢を知っているんです」

雨妹はそう語りかけつつ、座具や布団を使って王美人の姿勢を整える。

身体を起こして頭を上げ、膝《ひざ》を曲げると楽になるのだ。

「失礼します」

身体を起こす際に雨妹がトントンと背中を軽く叩いてあげると、王美人は大きく咳をしたかと思ったら、深く呼吸をした。

「……本当だわ、少し呼吸が楽よ」

咳をし過ぎて掠《かす》れた声ながらも、王美人が話しかけてきた。どうやら姿勢を変えた効果があったようだ。

「あと、空気の乾燥もよくないです。お湯はありますか？　桶に張って部屋に置いておきたいのですが」

「お湯なら、先ほどお茶を淹《い》れたばかりなので、ありますよ」

供の人がそう言うと、早速竈から持ってきてくれるという。

そしてその間、淹れられたお茶が飲まれることなく置いてあるので、王美人に勧める。

「喉《のど》を潤すためにも、飲めそうならお茶を飲みましょう。ただし、一気飲みは駄目です。少しずつ、時間をかけて飲んでください」

「わかったわ、少しずつね」

雨妹の助言に王美人は軽く頷《うなず》くと、チビチビと舐《な》めるようにお茶を口にし始める。

そうしていると、お湯を張った桶を持って供の人が戻ってきた。

「できるだけ牀の近くに。気に入りの香油を垂らせば、気持ちが落ち着く効果がありますよ」

雨妹がそう告げると、早速王美人が普段使う香油が垂らされた。爽《さわ》やかな花の香りが、仄《ほの》かに室内に広がる。

「今の乾燥する時期に、普段からこうしておくと風邪予防にもなりますから、お勧めです」

「それはいいことを聞きました。どこへ行っても風邪の心配ばかりですから」

「確かに、気分が良くなるわね」

雨妹の言葉に、王美人も供の人も表情を和ませる。

咳が止まったことで気持ちに余裕ができたと見える王美人に、雨妹は尋ねてみた。

「あの、王美人は以前から風邪気味だったのですか？」

すると代わりに供の人から答えが返ってくる。

「そうね、咳込みがちではあったでしょうか。でも熱が出るわけではなく、お食事もきちんと召し上がっておられたのです」

——咳は出るけど熱はなく、食欲もあったと。

「王美人のここ最近の生活は？　普段から暖かくしておられましたか？」

「……それが」

続いての質問に、彼女が言いにくそうながらも話した内容によると。

王美人の屋敷はつい昨日までゴミ屋敷同然だった。

なので王美人は室内にいると咳が酷くなり調子が悪くなるということで、朝から日が暮れるまで外に出て、散歩したり日当たりの良い場所で過ごしたりしていたそうだ。

まだ風の冷たい季節であるのに、なんという苦行だろうか。

——特に春先は寒暖差が激しいのに。

「もしかして、雨が降り出してから、王美人の咳が余計に酷くなったりしたのでは？」

「そう言えば昨夜、雨が降ってきたので冷えるかと思い様子を見にくると、見たことのないくらいに酷く咳込んでいたので、驚いたのでしたか」

雨妹の質問に、彼女は「どうしてそんなことを聞くのだろう？」という顔をしつつも、きちんと返事をする。

宮女だからと馬鹿にしない、良い人だ。むしろこんな人だからこそ、元宮女である王美人付きなのだろう。

続いて雨妹は、牀の上にいる王美人に向き直る。

「王美人、もしや子供の頃から頻繁に咳に悩まされていませんでしたか？」

すると王美人は顔だけこちらを向いて、答えてくれた。

「そうね、昔からすぐ咳が出るの。ひどい時は長い時間止まらなかったりするわ。それでも、今は子供の頃ほどひどくはないいんだけれど」

――やっぱり……。

雨妹は、これらの話で確信した。

「あの、私が思うにですね。王美人は風邪ではありません」

そう告げた雨妹に、供の人が顔色を変える。

「なっ……。もしやあなたも呪いだなんてことを信じるのですか⁉」

大いなる誤解をされてしまった。

どうやら現在の状況だと、「風邪ではない」即ち「呪い」という図式が出来上がるようだ。

「いえ、それでもなくて。王美人は喘息《ぜんそく》ですよ」

「ゼンソク、ですか？」

王美人も供の人も、訝《いぶか》しげな顔をしている。もしかしたら喘息が病気だと知られていないのかもしれない。

「喘息とは気道――呼吸をする器官が炎症を起こす病気です」

喘息の主な症状は咳や痰《たん》、息切れに呼吸困難などだ。

喘息患者は常に炎症を起こしているため、普通の人に比べて気道が狭く、息がし辛い。しかも炎症で敏感になっているため、他の人だとなんともない埃《ほこり》や煙などのわずかな刺激で咳をしてしまう。

「喘息になる人は体質もありますが、それよりも環境が原因となることが多いです。王美人は幼少期、あまり空気の良くない場所で過ごしませんでしたか？」

雨妹の説明を聞いていた王美人は、最後の質問に驚いた顔をした。

「……当たっているわ。私は鉱山のある里の出身なの」

なるほど、鉱山の近くだと作業による粉塵《ふんじん》が風で舞い上がりやすく、喘息を誘発しやすい。

「咳が続くので風邪などと間違えやすいのですが、風邪ではないので当然ながら、風邪の薬では治りません」

雨妹はきっぱりと言う。

風邪の薬では治らない熱病が呪いだと、道士から言われているとしたら、確かに喘息も呪いの判定を受けるだろう。

「……確かに、あの里では私みたいな子供は多かったけど、風邪の薬なんて飲んだことがなかったわ。薬代が高いというのもあったのだけれど」

王美人は雨妹の話に昔を思い出し、そう語る。

喘息と風邪の見分け方としては、風邪であれば昼間でも咳が出るのに対し、喘息の場合は夜間から明け方頃に激しい発作に見舞われやすい点だろう。

反対に昼間は、ケロッとしていることもままある。

そしてこのせいで、雨妹は王美人の不調に気付けなかったのだ。

そして何故、今回は昨日の夜からずっと咳が止まらないのか。それは喘息が気圧の変化によっても引き起こされるから。

そう、即ち昨日の夜から降り続く雨が原因だろう。これぱかりは、雨が止むのを待つしかない。

「お医者様からの薬は風邪の薬ですか？　他の薬を出してもらいたいのですが」

「ですが、陛下の御侍医からはこれで十分、もう呼ぶなと……」

供の人が言いにくそうに告げる。

——藪《やぶ》医者め！

雨妹は思わず毒づきそうになるのを、ぐっと堪える。偉い医者が名医であるとは限らない。これは前世でも言えたことだ。

皇帝の侍医ならば、きっと家柄や金が物を言うのだろう。

だがもし雨が続くなら、やはり薬が欲しい。

「では、医局はどうですか？」

医局とは後宮勤めの医者の常駐する所だ。

医局の医者の仕事は後宮の宮女や宦官《かんがん》、女官、下級の妃嬪たちを診ることで、皇帝や皇后、上級妃嬪などは皇帝の侍医が診ているという。

それなのに王美人が皇帝の侍医に診られたということは、皇帝の寵愛《ちょうあい》が深い証拠でもあるだろう。

しかし、今回それが裏目に出たが。

「あそこでも薬は貰《もら》えるはずですよね？　私ちょっと行ってきます！」

今にも走り出しそうな雨妹に、しかし供の人が待ったをかけた。

「私がお願いして参りましょう。あなたはどうやら、看病に長《た》けているようですから」

こう言われて、雨妹は大人しく戻る。

そう言えば、医局がどこかも知らないので、自分だと余計な手間がかかるかもしれない。

「では、痰を切る薬を所望してください」

薬の種類を伝えると、彼女は大きく頷く。

「恩様のことを、お願いできますか？」

「はい、戻ってこられるまで、しっかり見ております」

こうして一人で看病をする雨妹だったが。

「すぅ……」

王美人は咳《せき》が落ち着いたら、やがて寝てしまった。

咳をするのは存外体力を消耗するし、昨夜寝ていないのであれば無理もない。呼吸も落ち着いているし、今はこのまま寝させてあげよう。

――それにしても……。

要するに、王美人は埃っぽい部屋のせいで喘息が再発し、毎日寒さに耐えて外にいたせいで体温を奪われ、雨が降って気圧が変化したことで駄目押しとなったということで。

それはほとんどが梅のせいということではなかろうかと、雨妹は少々憤然とする思いを抱えることになった。

第二章　呪い騒動

あれからどうなったかというと。

供の人が医局にいた医官に王美人《ワン》の状態を説明すると、すぐに痰切《たんき》りの薬を処方してくれたという。

どうやらあちらは話のわかる医者のようだ。

こうして適切な処置と薬が与えられた王美人は、体調が瞬く間に改善した。それと同時に呪いがどうのという人もいなくなり、一安心である。

けれども、風邪の流行と呪いの猛威が消えたわけではない。

——アルコール消毒液、作っとかなきゃ。

そう考えはするものの、あれから雨妹《ユイメイ》は忙しかった。何故《なぜ》か雨妹を指名しての掃除依頼が殺到して、引っ張りだこなのだ。

どうやら皆、王美人から話を聞いたらしい。

そして掃除に行った先には共通点があった。

全部雨妹の世話役である女、李梅《リー・メイ》の担当だった場所ばかりなのだ。

——梅さん、どんだけ仕事していないのよ。

それでも要掃除物件はだいたい一巡したようで、雨妹は一日中掃除するということはなくなり、今日ようやく昼過ぎに宿舎に帰れるようになった。

仕事終わりの雨妹が、掃除道具を抱えて歩いていると。

「おいで、麻花《マーホア》があるから」

そう言って雨妹を手招きしたのは美娜《メイナ》だ。

彼女は手ごろな石に座って休憩中である。元は灯籠《とうろう》かなにかなのだろうが、壊れた物が転がっていて、並んで座るのにちょうどいい大きさだった。

「ほら阿妹《アメイ》、出来立てだよ」

楊《ヤン》が雨妹のことを小妹《シャオメイ》と呼ぶので、美娜が「じゃあアタシは阿妹だね」と言って呼ぶようになった。

小が年長者から見た若者に対する愛称なら、阿は親しい人を呼ぶあだ名みたいなものだ。あと、名前の一文字を続けて呼ぶこともあるが、こちらはまだ経験がない。でも「妹妹《メイメイ》」なんて呼ばれたら、まるでパンダになった気分だなと思うと、「阿妹」で良かったかもしれない。

それでも愛称呼びに憧《あこが》れていた雨妹なので、少々くすぐったく思ったりする。

ところで美娜が差し出す麻花とは、中華風かりんとうのようなもので、甘くてサクッとして美味《おい》しい。前世ではよく中国の屋台で買って食べたが、今世ではいまだ口にできていなかった。

繰り返すが、辺境では甘いものは贅沢品《ぜいたくひん》なのだ。

台所番の美娜は、たまにこうして作ったおやつを分けてくれるいい人だ。雨妹は美娜から麻花を一つ貰い、口に放り込む。

「んー、甘い、美味《おい》しーい！」

揚げたてのカリッとした食感と、甘い味が口いっぱいに広がる。

「うんうん、甘いって幸せだよね？　アタシは昔っから料理が好きだったから台所番になったけど。ウチは貧乏だったんで、砂糖なんざ手にしたこともなくてねぇ。それがここじゃあ砂糖で甘いものを好きに作れるんだから、楽しいったらないよ」

美娜自身も麻花を食べながら、そんな話をしてくれた。

「美娜さんもですか。私も都に来てから、砂糖を口にできました。それまでは花の蜜《みつ》がせいぜいで、蜂蜜《はちみつ》が採れたらお祝いでしたよ」

雨妹は「うんうん」と頷《うなず》きながらそう言いつつ、口の中の幸せ具合に頬を緩ませる。

しかし美味しさに悶《もだ》えている場合ではなかったと、我に返る。

「ところで美娜さん、医局ってどこですかね？」

「なんだい、具合が悪いのかい？」

雨妹の唐突な質問に、美娜が眉《まゆ》をひそめる。

「違います、工用酒精が欲しいんです」

工用酒精とは、工業用アルコールのことである。アルコール消毒液を作るためには工用酒精が必要で、工用酒精を使う仕事といえば、職人か医者だろう。

「まさか、飲みたいのかい？」

「違います、ちょっと掃除とか色々に使いたいんです」

胡乱《うろん》げな視線を向けて来る美娜に、飲兵衛《のんべえ》だと思われたくないのできっちりと言っておく。

それにしても工用酒精を飲みたいだなんて、中毒症状の末期である。自分は断じてそんなダメ人間ではない。

「ならいいけど」

というわけで美娜に医局の場所を教えてもらえたので、掃除道具を片付けた雨妹は行ってみることにした。


「えーと、ここだ」

迷いそうになりながら辿《たど》りついた医局は、そこそこ立派な建物だった。

「ごめんください」

雨妹が声をかけてから戸を開けると、中で医者らしきひょろりとした体型の中年男が、こちらに気付かずに荷物を鞄《かばん》に詰めていた。

医者といえども、後宮勤めの医官であるからには、当然宦官である。

「あのぅ、すみません」

呼びかける雨妹に気付いた医者が、こちらをくわっと見開いた目で見た。

「そこの宮女！　丁度良い、荷物を持て！」

「はぁ？」

突然そう言われても、雨妹は戸惑うばかりだ。

「急ぐんだ、早く！」

けれど医者の謎の勢いに押されて、雨妹はなにか荷物が詰まってパンパンになった鞄を押し付けられるままに持つ。

「ついてこい！」

医者はそう言うと、雨妹がついてきているのか確かめもせずに走り出す。

「え、ちょっと待ってよ！」

——なに、どういうこと⁉

わけがわからないまま、雨妹は鞄を抱えて医者を追いかける。

意外と足の速い医者は、後宮の奥の広い庭になっている場所まで進む。

「うん？　なんだろう」

すると庭園を流れる人工の小川のあたりに宦官の人だかりが見え、それを宮女や女官たちが遠巻きにしていた。

「おい、患者はどこだ⁉」

医者は人だかりに向かって怒鳴る。

「目を離した隙に小川に落ちて、勝手に溺《おぼ》れてしまいました」

そう答えた宦官の足元を雨妹が隙間から見ると、びしょ濡《ぬ》れの女が横たわっている。

——え、あの人溺れたの⁉

その女をただ見ているだけの連中が、雨妹には信じられない。

「ちょっとどきなさい、邪魔よ！」

カッとなった雨妹は、思わず宦官の集団に割って入った。

「あ、ああ……」

彼らは雨妹の剣幕に驚いたのか、自然と道を空ける。

「大丈夫ですか⁉」

雨妹は女の肩を強めに叩《たた》く。

「お嬢ちゃん、やめておけ」

薄情者の宦官の言葉は無視だ。

――呼びかけても反応は無し、脈と呼吸を確認するもどちらも無し、出血や吐瀉物《としゃぶつ》などは見当たらない。

雨妹は水難事故での対処法を冷静に思い出す。

溺れた人に反応がなければ、できる限り早く処置をすることが大切だ。水を吐かせるよりまず心肺蘇生《そせい》、すなわち心臓マッサージと人工呼吸を開始し、できるだけ早く肺に空気を送りこまなければならない。

――よし、気道を確保、胸の圧迫位置確認。

雨妹は仰向《あおむ》けにした女の顎《あご》を上げ、気道を確保してその横に跪《ひざまず》くと、彼女の胸の真ん中に片方の掌《てのひら》をあて、もう一方の手をその手の上に重ねた。そして腕を垂直に伸ばして体重をかけ、強く小刻みに胸を圧迫して心臓マッサージをする。

「なにしてるんだ、アイツ」

そんな呑気《のんき》な声が聞こえてくるが、無視だ。

恐らくここにいる者たちは女が息をしていないせいで、もう死んでいると思って、放置の態勢だったのだろう。

だが冷水の中に長時間水没していても、蘇生した例がある。なので、諦《あきら》めずに蘇生の努力を続けることが大事なのだ。

この人がどのくらい放置されていたのかわからないが、溺れて間もないのなら蘇生が間に合うはず。

心臓マッサージを数十回程行った後、女の額を押さえつつ鼻をつまみ、自らの口で彼女の口を覆うように塞《ふさ》ぎ、息を吹き込む。

こうして人工呼吸を二回続けるものの、胸がもち上がるなどの変化は見られない。

――よし、まだまだ！

こうして雨妹が心臓マッサージと人工呼吸を交互に繰り返す姿に、宦官《かんがん》たちは不気味そうな顔をする。

「気味悪いな」

「呪われるぞ」

そんな声の横で、医者は戸惑いの表情を浮かべているが、必死の雨妹の視界には入らない。

――まだ反応がない、もう手遅れだった⁉

長く心肺蘇生を続けているが、変化の見られない女の様子に、雨妹が諦めかけていた時。

「ゴホッ！」

女が水を吐いた。

「よし！」

蘇生が間に合ったことに、雨妹は笑みを浮かべる。女の顔を横に向けて水を吐き出させていると。

「お前はそれを続けろ」

いつの間にか隣にいた医者が女の口を綺麗《きれい》な布で拭《ぬぐ》い、気道の中に詰まっていないかを確認している。

言われた通りに再び心臓マッサージを続けると、また水を吐く。それをしばらく繰り返すうちに、弱々しいながらも呼吸が戻って来た。

――これで大丈夫ね。

あとは水で冷えた身体《からだ》を温めなければ。

「温かい布！　早く頂戴《ちょうだい》！　なんでもいいから！」

誰も動かないので、雨妹は近くにぼうっと立っている宦官の上着を剥《は》いで、女を包む。

「この人を早く医局に運んで、動かないなら邪魔よ！」

相変わらず反応しない宦官の足を、雨妹が蹴飛《けと》ばす。

「これは患者だ！　お前たちが仕事をしないのならば、上にそう言っておくがいいか！」

医者も動かない宦官たちを恫喝《どうかつ》するように怒鳴る。「上に言っておく」という台詞《せりふ》が効いたのか、宦官たちがようやく動き始めた。

雨妹が運ばれて行く女を見送りながら一息ついていると、医者が肩を叩く。

「宮女お前、手際がいいな」

「……それはどうも」

なにせ前世は定年まで勤めあげた看護師なので、考えるより先に身体が動いた結果である。

「出しゃばりました、ごめんなさい」

医者がなにか言うよりも先に雨妹が行動してしまったのは、彼の面子《メンツ》を潰《つぶ》したとも言える。面子よりも人の命の方が大事とはいえ、女が助かった今は立場を慮《おもんぱか》るのも重要だ。なにしろ雨妹は下っ端宮女なのだから。

ぺこりと頭を下げる雨妹に、医者が苦笑する。

「いいや、お前が怒鳴らなかったら、たぶん俺が蹴飛ばしていたさ。溺れたばかりなら助かるのに、放置するなんて論外だ。せめて濡れた身体を温めるくらいの行動はしてもよかっただろうよ」

そう医者は放置の態勢だった男たちを詰《なじ》ると。

「呪いだなんだと、大の男が情けない……」

そう呟《つぶや》きしかめっ面をする。

――ここでも、また呪いか。

雨妹は王美人の件の際に聞いた話を、脳裏に浮かべる。

風邪の薬では治らない熱病だと、楊が言っていた。それを聞いた時から、雨妹の中にはとある可能性がずっとあったのだが。

「ついでだ、お前さんはもう少し付き合え」

雨妹が「うーん」と難しい顔をしていると、医者がそう呼び掛けてくる。

自分としてもここで帰っては気になりそうなので、この言葉に乗ることにした。

こうして雨妹は医局に戻りがてら、医者とお互いに名乗り合う。急いでいたので自己紹介すらしていなかったのだ。

医者は名を陳子良《チエン・ジリヤン》といった。痩《や》せていて髪を後ろで雑に括《くく》っているため、一見頼りなく思えるが、先ほどの様子だと腕のいい医者のようだ。

「雨妹、はて、最近聞いた気がするな」

そして彼はそう呟いた後、「あっ！」と声を上げる。

「お前さん、あれだろう？　王美人の供の女官になにやら吹き込んだ娘！」

吹き込んだとは、少々不穏な言い方ではなかろうか。

――でもそうか、この人があの時薬を処方してくれたのか。

医局の医者も数人いるはずなのに、こうして顔を合わせるとは妙な偶然だった。

「あの時は、薬を出してくださり助かりました」

ともあれ、雨妹はきちんと礼をする。皇帝の侍医がついているならこちらには関係ないと、突っぱねることだってできたのだ。

「あの女官が的確な助言を受けていたようだったから、どんな奴かと思っていたが。そうか、なるほどなぁ」

納得顔で頷《うなず》いている陳に、雨妹はさっきのことについて詳しい経緯を尋ねる。

「さっきのあれは、一体どういう状況だったんですか？」

これに陳がため息交じりに語るには。

「実はな、高熱を出していた患者が目を離した隙に外に出たと、知らせを受けたもんだから、探して治療しようと医局を飛び出したんだよ」

――高熱での異常行動で、小川に落ちたのか。

雨妹はすぐに状況をそう分析する。

「でもそれ、目を離した人が悪いですよね？」

そして思わずジト目になった。

熱に浮かされおかしなことを言ったり錯乱したりは、よくあることだ。こうした症状は子供がなりやすいが、大人だってなる人がいる。なのにどうして、高熱を出している人を放っておいたのか。

女の衣服は濡れた上に小川の石にひっかけたのか、あちらこちらが裂けて悲惨なことになっていたものの、意匠は凝ったもので、布地は木綿ではなく絹だった。

ということは、あの人は少なくとも妃嬪《ひひん》であるはず。それも着ていた衣服からして、恐らく王美人よりも位が上。

ならば人手不足で人員を減らされた王美人と違って、お付きの人が複数人いるはずではないか。

「そうなんだがなぁ」

ここに至った状況に納得のいかない雨妹に、陳が唸《うな》る。

そんな話をしている内に、医局に着いた。女を運んだはずの宦官たちの姿はすでにない。逃げ足の速いことだ。

そして中に運ばれた女は、連れて来られたままの姿で横たえられていた。布団を被《かぶ》せるでもなく、床に放置されているのだ。

「あんの、へたれ宦官……」

医局にある牀《しょう》に寝かせることすらしていないことに、雨妹は怒りを覚える。あの宦官たち、なんて仕事をしない連中だろうか。

「あの連中、ビビり過ぎだろう」

陳もこの状況に頭を抱えている。

「とりあえずこの人の濡れた服を脱がせますから、なにか布をください」

「洗った敷布でいいか?」

雨妹の言葉に、陳が棚から敷布を一枚出して渡す。ついでに濡れた身体を拭《ふ》くための手ぬぐいも数枚受け取る。

「じゃあ、部屋から出てください。女性の着替えですから」

「お前さんを引っ張って行って、つくづくよかったよ」

陳は自分の判断を称賛しながら、医局から出て戸を閉める。

確かに、陳が着替えを頼もうとしても、先ほど遠巻きにしていた宮女や女官の様子からして、呼んですぐに誰か駆け付けるとは思えない。

けれど医者として、このまま濡れた服を着せておくわけにはいかないわけで。雨妹という宮女がいなければ、非常に困難な状況になっていたかもしれないのだ。

この場合、陳が自ら着替えさせるのは大変危険だ。医者で宦官とは言え、二人きりの状況で妃嬪の裸を見たとあってはタダでは済まない。姦通《かんつう》の疑いを避けるのは当たり前のことだろう。

ちなみに姦通の危険を避けるために、医者の助手的存在の女官もいるのだが。専門知識が必要とされるために、あまり人数が多くない。そのせいで彼女たちはみんな侍医付きとなっており、医局まで回されないのが現状だというのが、美娜情報だ。

さらに言えば女医というのも一応いるらしいが、女が医者になるのは男に比べて非常に困難で、それこそ数がいないため後宮では見ない。

医局の事情はともかくとして、まずは女の着替えだ。

雨妹はまず、いつも帯に仕込んでいるマスク布を顔に巻く。熱を出している女の看病をするのに、マスクは必須《ひっす》だろう。

「さぁて、お着替えをしましょうねぇ」

雨妹は意識がないとはわかっていても、念のため一言声をかけてから宦官から強奪した上着を剥ぎ、濡《ぬ》れた衣服に手をかける。牀に移動させる前に、まず全身濡れているのをなんとかせねば、牀が濡れてしまう。

それを言えば牀に上げなかった宦官たちの行動にも一理あるように思えるが、連中はおそらくそんなことを考えて床に放置したのではあるまい。

女の着替えは無理でも、衣服の上からでも水を拭《ぬぐ》ってやればよかっただろうに。濡れた髪すら拭っていない宦官どもは、後で絶対誰かに言いつける。

恨みつらみは後にして、まずは着替えだ。

濡れた服を脱がせるのは案外難しいもので。既に破けているとはいえ、雨妹の手で新たに破くのは避けたい。

苦労して服を脱がせた後は全身を手拭いで拭き、髪も丁寧に水分をとる。それから敷布を巻いて、肌が見えないように整えてやると、牀に上げて布団を被せた。

そう大柄とは言えない雨妹の体型で女を抱えるのは大変だが、そこはコツというものがある。前世で看護師だったのは伊達《だて》ではないのだ。

雨妹は濡れた床もしっかり拭いたところで、戸の外にいるであろう陳に向けて声をかける。

「もういいですよー」

「では、お邪魔しよう」

すると雨妹に聞き覚えのない、若い声が答えた。

——え、誰？

戸惑うこちらを余所《よそ》に入ってきたのは、目を見張るような美しい男だった。相手は冠を被っていないものの、豪奢《ごうしゃ》な衣を纏《まと》っているため、一目で位の高い相手だと知れる。

そしてなにより、雨妹と同じ青い瞳《ひとみ》を微笑《ほほえ》ませていた。

その後ろに男のお付きであろう宦官と、陳が続く。

「は……」

雨妹は自分以外で青い瞳の持ち主なんて、初めて会った。その事実に思わずひゅっと息を呑《の》むと、慌てて顔を伏せる。

青い瞳というのは、辺境という田舎では大して気にされずにいた。

しかし国の中枢のこの地では、特別な意味を持つ。

『雨妹、あなたのその青の瞳は……』

尼たちに飽きるほどに繰り返し聞かされた内容が、脳裏に蘇《よみがえ》る。

――今まで誰からもなにも言われなかったから、ぼうっとしてたかも。

尼たちが大げさに騒ぐだけで、そんなに気にすることはないかと思い始めていたのだが。

さすがに面前でこうして実物を見れば、呑気《のんき》にしていた気持ちが吹き飛ぶ。

目の前の男の歳《とし》は二十代半ばほど、着ている衣服は明らかに宦官《かんがん》のものではない。

そして後宮は女の園。そこに住まう成人の男は四十代半ばの年齢の皇帝と、跡取りである太子のみ。あとの男は全て宦官だ。

それを踏まえたところで、この目の前の宦官を連れた青い瞳の御仁が誰かなんて、教えられずとも想像がつく。

――じゃあ、この人が太子殿下⁉

太子の名は、確か劉明賢《リュウ・メイシエン》。そんな雲の上の人物と医局で出くわすなんて、誰が予想できただろうか。雨妹は叩頭《こうとう》すべきかもしれないと思い、跪《ひざまず》こうとすると。

「そのままでいい」

雨妹は太子からそう声をかけられた。おかげで中腰という中途半端な体勢で止まってしまい、少々腰にくるものがある。

そんな雨妹の姿を、太子は見つめていたようだが。

「……ふぅん？」

小さく呟くと、雨妹から視線を外して牀に横たわる女に近寄る。

「妃の元へ間に合ってくれて嬉《うれ》しいよ、陳先生《チエン》」

そして太子はそう言うと、熱で顔を赤くしている女の頬を優しく撫《な》でた。

――この人、太子殿下の妃嬪だったのか。

雨妹は女の正体に納得する。考えてみれば女が溺《おぼ》れていた所は、太子宮だと教えられた場所に近かったように思う。

「こちらが先んじられて、本当によかったです」

真面目な顔でそう告げた陳を太子が振り返り、驚きの発言をした。

「陳先生、彼女をここで預かってもらえないだろうか」

陳は眉《まゆ》をひそめる。

「太子宮に連れ帰らないんで？」

「連れ帰っても、世話する者がいなければ可哀想《かわいそう》なことになる」

陳の疑問に、太子が表情を陰らせた。

――世話する人がいない？

頭を上げる間がわからずに、変な体勢のままずっと下を向いていた雨妹は、「そんなわけないだろう」と内心ツッコむ。

「呪いのせい、でございますか？」

「そう、忌々しいことにね」

けれど暗い表情で、太子と陳は頷き合う。

呪いについては楊や美娜から、ふんわりとした内容しか聞いていない。ならばここで詳しい話を聞けるかと、雨妹が中腰体勢で聞き耳を立てていると。

「その体勢は苦しいだろう？　身体を起こして楽にしなさい」

太子からそう声をかけてもらえた。

――腰を痛めるかと思ったよ。

太子のおかげで身体を起こせた雨妹は顔を伏せたままで、さりげなく腰を伸ばしていると。

「なにか言いたいことがあるなら、言うといい」

太子がさらにそう言ってきた。さては、先程の内心のツッコミが聞こえたというか、もしや声に出ていたのか？

しかし、これを真に受けて口を開いていいものか、悩みどころだ。

「……」

だが太子はまるで雨妹の発言待ちであるかのように、笑顔で黙っている。

こうして微妙な沈黙が流れていると。

「ウォッホン！」

太子の後ろで宦官が大きく咳《せき》ばらいをした。そして「いいからとっとと話せ！」と言いたげな顔をしている。

なるほど、ここは喋《しゃべ》るところなのか。ならば、正直に聞いてみよう。

「……あの、呪いっていうのは、どこから出た話なんですか？」

この雨妹の疑問を受けて、太子は陳に視線をやる。

「ああ、医者からすると馬鹿馬鹿しい話なんだがな」

太子の視線を受けて、大きく息を吐いた陳が語ってくれた内容によると。そもそもの始まりはやはり、風邪の大流行だという。

「この冬の時期に風邪が流行《はや》るのは毎年のことだが、今年のは酷《ひど》くてな」

いつもの風邪にくらべて高熱になりがちで、全身の倦怠感《けんたいかん》や吐き気を訴える者が多いらしい。

果てには拗《こじ》らせて肺炎になり、庶民の間では対処が遅れてかなりの死者が出ているほどだという。

その風邪を後宮に持ち込まないようにと厳重な管理をされていたというが、流行り病というのはある種の生き物、人間に完全に管理できるはずがなく。

「出入りの商人が持ち込んだ風邪が、あっという間に広まったのさ」

それでも医局で事前に風邪の薬を大量に用意していたらしいが、その薬の効きが悪く、それも流行の歯止めができない要因だという。

現在、症状に合った薬を慌てて量産している最中だそうだ。

――やっぱり、なんか覚えがある流れじゃない？

雨妹はぐっと眉を寄せて考える。

陳の話を纏めると、今年の風邪は感染度が高くて重症化しやすく、主な症状は風邪よりもひどい高熱に倦怠感に吐き気。もっと悪いと肺炎を併発し、庶民の間では死者も出ている。風邪薬が効きにくい上に、異常行動が見られる、などなど。

これはまさに、前世でのインフルエンザの症状ではなかろうか。

風邪とインフルエンザはウイルス性の感染症ということは同じだが、インフルエンザの方が感染力が段違いで強い。

風邪の場合はウイルスが弱いため簡単には感染せず、感染経路は接触感染が主である。それも接触したからと言って必ず発症するものでもなく、体力のある人だと風邪患者と接吻《せっぷん》をしてもなんともないくらいだ。

一方でインフルエンザは飛沫《ひまつ》で十分感染してしまい、しかも発症確率が高い。換気の悪い密室だと空気感染もあり得るので、広がるのは一瞬。

だからこそインフルエンザを発症すると、公共の場に出るのを控えるように通達されるのだ。

それに用意していた薬が効かないのも、違うウイルスだから当然だろう。前世では西洋薬でも漢方薬でも、風邪とインフルエンザでは処方される薬の種類が違った。

つまりは後手後手に回ったおかげで、宮城ではインフルエンザが大流行しているというわけだ。

ここまではいい。問題はどうしてこのインフルエンザが呪いの仕業になったのかである。

前世の日本だって、大昔に病気は鬼の仕業だとされていた時代があった。だがこの崔《サイ》の国はそれよりも近代的で、医療もそれなりに発達している。どこで呪いだなんてことになったのだろう。

この雨妹の疑問に、陳が肩を竦《すく》めた。

「熱に浮かされておかしな行動をとるのは、医者の間では昔から報告されていることだ。けれどそれに慣れない連中が気味悪がってな、なにかに取り憑《つ》かれていると騒ぎ、それが広まった」

信心深いというか、要はビビりな者の声が大きかったというわけか。

それを陳たち医者はきちんと説明して鎮めようとしたが、パニックになっている者の耳に届くことはなく。

「そこにしゃしゃり出てきた道士たちが『呪いだ』と言い立てて、皇太后陛下がその意見を支持したんだよ」

――うわぁ、最悪な人！

雨妹は内心の吐露をなんとか喉元《のどもと》で寸止めした。

後宮における最大権力者とも言える皇太后が支持すれば、信じる信じないは別にして、当然大勢が追従するだろう。

そんな皇太后が宗教に傾倒しがちであるとは、華流ドラマオタクとしては泥沼な未来を予測してしまうのだが。

思いっきり引き気味な雨妹に、陳は「そうだろう、そうだろう」と頷《うなず》く。

「道士たちのせいで、患者の治療もままならない。今回急いでいたのも、道士に身柄を取られる前に患者を確保するためだ」

道士に先に患者を確保されると、呪いを祓《はら》うという名目で長時間の祈祷《きとう》をされる。もちろんそんなものでインフルエンザが治るはずもなく、症状が進行してしまう。

たまたま体力がある人が辛うじて助かった例があるらしいが、道士はそれを「祈祷が効いたのだ」と主張しているとか。インフルエンザは個人差が大きい病気なので、そういうこともあり得るだろう。

――むしろその助かった人って、早く薬を飲めていれば軽い症状で済んだんじゃないの？

さらに悪いことに、道士に呪いと認定されるのが怖くて、症状が出ても隠しておき、手遅れになって発見される例が増えているという。

「そのせいで、薬が間に合えば死ななくてもよかったであろう者が、大勢死んでいる」

おかげで宮城全体がインフルエンザで大打撃を受け、いろいろなことが機能していない状況らしい。なるほど、それならばこの酷い人手不足も納得である。

「というわけで、妃の宮女や女官は呪いを恐れ、主《あるじ》の看病をしたがらないんだよ」

陳の話を引き継ぎ、太子が牀《しょう》で寝ている女を太子宮に戻せない理由を語る。

上位の妃嬪に付く宮女や女官は、妃嬪の実家から連れて来たり、いい家の出身である者が多い。なので仕事よりもわが身可愛《かわい》さが優先されるのだろう。

それに嫌な話だが、妃嬪の座が一つ空けば自分にも機会が巡って来るのだから、積極的に助けようという気持ちが働かない宮女や女官がいてもおかしくはない。

「それで先生、お願いできるかな？」

「……おい、雨妹よ」

改めて太子に頼まれた陳が、縋《すが》るような視線を向けて来る。

皆まで言わずとも、陳の言わんとすることはわかる。この太子の妃嬪の看病をしてほしいと言いたいのだろう。助手の女官がいないのであれば、雨妹に助けを求めるのも仕方ない。

「わかりました、こうなれば付き合いますよ。代わりにそっちから上に事情を言っておいてくださいよ。けどその前に」

雨妹は一呼吸おいてから、腕を組んで告げた。

「殿下とそちらのお付きの方は消毒しましょう。このままだと感染します。先生もです！」

「消毒、かい？」

聞き慣れない言葉なのか、不思議そうな顔をする太子に説明する。

「消毒とは、身体に付着した菌――病気の元を退治することです。というわけで先生、工用酒精をください」

雨妹はそう言って、陳にずずいと迫る。

元々雨妹は、アルコール消毒液を作るための工用酒精を手に入れるために、ここへ来たのだ。目的までにずいぶん遠回りをさせられたものである。

だがこうして雨妹は陳に工用酒精を貰《もら》い、アルコール消毒液を作ることとなった。

作り方は簡単で、酒精と水を七対三の割合で混ぜるだけ。保管を考えた場合、本当は余計な混じり物無しの精製水がいいのだが、今回は大量に作って保管するわけではないので、井戸水でよしとする。

これを噴霧器に入れれば完成だ。

「酒精の斬新な使い方だな」

酒精を傷口の消毒程度にしか使っていなかったらしい陳が、感心した風に言う。

「ではまず、私から」

雨妹が真っ先に消毒をする。毒ではないことを示すというより、つい先程インフルエンザの患者に人工呼吸をしたからだ。

――絶対に感染しているって、これ。

なので感染防止に太子の前だとてマスク布が外せないため、さっきから宦官《かんがん》に怪しい目で見られているが、これればかりは仕方ない。後で陳から薬を貰い、早めに飲んでおきたい。インフルエンザは早期の服薬が対処の分かれ目なのだ。

雨妹はまずはなにより、両手の消毒を入念にする。両掌に消毒液を擦り込んだら、指の一本一本とその付け根、手の甲や手首まで丹念に消毒液を擦り込む。

手の消毒が終われば、衣服を着替えることができないので、念のために全身にも振りかけてもらう。

それから仕上げにお茶でうがいだ。お茶には抗酸化作用に抗ウイルス作用があるので、意外と効くのである。

次に太子と宦官の番だ。

「私がしたやり方と、同じようにしてください」

二人に手の消毒の際、指輪や腕輪などの装飾品を外してもらう。そして必要な時以外は、手に装飾品を付けない方がいいと忠告する。

「装飾品にも当然病気の元が付着するので、こまめに消毒しなければなりません。ならばいっそ外しておきましょう。この病気は暖かくなればおさまりますから、それまでのことです」

「危険は少しでも減らした方がいい、そう言いたいんだね？　わかったよ」

太子の了解を得たところで、次に雨妹は消毒液を全身に思いっきり振りかける。

「雨妹、お前すごいことするな……」

太子に酒をぶっかけるも同然の行為に、陳がドン引いている。だが医者がそんな態度でどうするのだ。

太子も庶民も、インフルエンザの前では危機の度合いは平等だ。それに振りかけたばかりは酒精臭くても、そのうちに臭いは飛ぶだろう。ほんのしばらくの我慢である。

その後二人にもお茶でうがいをしてもらう。

「病気の元を殺すのに、お茶はとても効果があるんです」

「へえ、そうなんだね」

雨妹の説明に、太子が一々感心する。

「お茶をよく飲む人ほど風邪をひかないのは、医者の間で言われていることです」

お茶の効能はこの世界でも発見されているようで、陳も雨妹の説を補強する。

そんなこんなで最後に陳が消毒とうがいをして、ついでに全員が触った医局の戸の取っ手にも消毒液を振りかけ、感染拡大を防ぐ。

「感染しないためには、部屋の換気と湿度が大事です。この病気は淀《よど》んで乾燥した空気を好みますから。こまめに空気を入れ替えて、部屋の中でお湯を沸かして湿度を上げてください」

雨妹は太子のお世話をするであろう宦官に、そう注意をする。

宦官は雨妹を医局付きだと思っているのか、怪しむ視線はともかく、話は素直に聞いてくれている。なので、敢《あ》えて新人下っ端宮女だという真実は言わないでおく。

「そう言えば父上の妃嬪たちの間で今、部屋で湯を沸かすのが流行っていると聞いたな」

太子が思い出したように零す。

それは恐らく、王美人発の流行だと思われる。

——そうか、流行っちゃったのか。

確かにあの時風邪予防になると説明したが、なにが幸いするかわからないものだ。

妃嬪たちは皆綺麗《きれい》な器にいくつも湯を張り、気に入りの香油を垂らして楽しんでいるという。彼女たちもインフルエンザに罹《かか》ると命が危うくなるのだから、どんな些細《ささい》なことでも試さずにいられないのだ。

高級な薬を取り寄せるのに比べれば、お手軽な手段であることも一因だろう。

「そういうことなら、私も宮に戻ってやってみようかな」

太子はなにやらノリノリだ。けどノリでインフルエンザ予防ができるなら、いいではないか。

ともあれ、こうして雨妹が消毒をし終えて、予防のために忘れていることはないかと確認していると。

「ところで、きみは名を雨妹というのかい？」

突然太子にそんなことを聞かれた。

「そうですけど」

雨妹は嘘《うそ》を言うこともなかろうと素直に頷くが。

――なんか、怪しまれたとかじゃないよね？

どんなに顔を伏せ視線をそらしても、青い瞳《ひとみ》であることは一目瞭然《いちもくりょうぜん》だろう。このことを指摘されるかと、雨妹が内心で警戒していると。

「もしかして、雨の日に生まれた？」

太子が言ったのはそんなことだった。

雨はそのまま雨、妹は女の子の意味である。名前を書けば一発で由来がわかるというもの。どうやら単純な名前を揶揄《からか》われたようだ。

「雨の日に生まれた女の子だから、雨妹です。我が親ながら、もう少し捻《ひね》って名付けて欲しかったものです」

雨妹はムスッとした顔で愚痴る。実際に両親から聞けたわけじゃないが、尼たちはそう話していた。名付けられた方としては、キラキラネームは御免だが、もっといい名前があっただろうと言いたくなる。

「雨妹、君は……」

名前についての腹立たしさで警戒心が飛んでいた雨妹に、太子がなにかを言いかけるも途中で口をつぐむ。

——あ、ヤバい。気軽に話し過ぎた⁉

警戒心が戻ってきて、焦り出した雨妹だったが。

「おい、その消毒液とやらを持ち帰りたいのだが」

今まで黙っていた宦官が、そう言ってきた。

「いいですよ、作りましょう」

というわけで細々とした問題に目を瞑《つぶ》った雨妹は、もう一本消毒液噴霧器を作ってやり、作り方も教える。

「なるほど、これほど単純な材料なのか。それに効果のほどは時間が経《た》たないとわからないが、作業が簡単なのがいい。複雑だとどうしてもおろそかになるからな」

宦官が受け取った噴霧器をしげしげと見ながら、そう感想を述べるのだが。

この宦官というのが、雨妹には少し違和感がある。

宦官は去勢された男であるため、ホルモンバランスが崩れて女性的な外見と声になる。

けれど太子の連れる宦官は、整った顔立ちではあるものの、逞《たくま》しく精悍《せいかん》な雰囲気で、声も美声ではあるが低い。要するに、宦官らしくないのだ。

——深く考えないようにしよう。

そのあたりを突《つつ》いたらいけないと、華流ドラマオタクの魂が叫んでいる。

こんな風に、雨妹が考えていると。

「ねえ雨妹」

雨妹と宦官のやり取りを黙って見ていた太子が、突然呼び掛けて来た。

「はい、なんでしょう？」

雨妹が太子に向き直りながらも、「今度はなんだ？」という気持ちでいると。

「君は、故郷で尼と仲が良かったりしたかい？」

唐突ともいえるこの質問に、宦官と陳は意味がわからないというような顔をした。

雨妹もそう取り繕おうとしたものの、失敗したように頬が引き攣《つ》ってしまう。

「……何故、そんなことを？」

問い返す雨妹に、太子は笑顔だった。

「いや、なんとなく所作を見て、そう感じただけだよ」

——いやいや、今まで「尼っぽい」とか言われたことないし！

内心のツッコミと同時に、背中に冷や汗が流れる。

「確かに故郷には尼寺があり、そちらの尼たちに良くしていただきましたから。そのせいかもしれませんね」

「へぇ、なるほどね」

雨妹が「ふふふ」と微笑みながらそう切り返すと、太子も納得したように頷《うなず》く。

雨妹の心臓がバクバクと煩《うるさ》く鳴っているし、冷や汗はずっと止まらない。

雨妹には秘密がある。一つは、前世の記憶を持っていること。

そして実はもう一つ。尼たちが雨妹と決して打ち解けようとしなかった、その原因とも言える秘密が。

——これは、怪しまれているの？　どうなの？

とりあえず雨妹の心臓に悪いから、太子も宦官も早くここから立ち去ってくれないだろうか。

そんな雨妹の心の内なんて知るはずもなく、太子の青い瞳が、にっこりと微笑んでいた。


その後ようやく太子たちを帰すと、寝ている妃嬪の看病が始まった。

太子と出会ってしまったおかげで、胸の中にモヤモヤしたものが生まれてしまったものの、今はそんなことは後回しだ。

雨妹が陳に改めて女の名を聞くと、江玉秀《ジャン・ユウシオウ》という太子の貴妃だという。

貴妃とは皇后に次ぐ四夫人の一人で、皇后を未《いま》だ決めていない太子の、今のところ最も寵愛《ちょうあい》の深い夫人であるそうだ。

——直々に見に来るわけだ。

これは雨妹にとって責任重大である。

看病においてまず気を付けるべきは、大量の発汗による脱水症状だ。陳曰《いわ》く、この病気での死亡原因のほとんどが、この脱水症状だという。

点滴なんて器具はこの世界にまだなく、処置としては地道に口に水を含ませるしかない。

——病人に水を飲ませるのって、意外と難しいものね。

下手をすれば誤嚥《ごえん》性《せい》肺炎を招く恐れがある。なので水分摂取は慎重に、細心の注意を払う必要がある。

「もう一度、がんばって水を飲みましょうね」

雨妹が声をかけて吸い飲みを口元に持って行けば、江貴妃がうっすらと唇を開く。

彼女も最初は、口元に零したものを舐《な》める程度にしか水分が摂《と》れなかった。それでも焦らずに口元を濡《ぬ》らしてやれば、次第にしっかりと飲み込むようになってくる。

そうして少しずつ、含ませる水の量を増やしていくのだ。

雨妹が江貴妃に飲ませているのは、水に砂糖と塩を混ぜた経口補水液だ。小刻みにこれを飲んでもらって発汗を促す。

汗で出たミネラルを補充せず、ただの水を飲ませては血が薄まり、酷い場合は意識障害まで起こしてしまう。

ある程度の水が飲めるようになると、薬を飲ませることが可能となるので、水に溶かした薬を飲んでもらう。

誤嚥性肺炎が怖いので、食べ物はもう少ししっかり意識が回復してからにした方がいいだろう。とにかく今は水分だ。究極の話、人は水だけで二、三週間は生きられるのだから。

こうして看病を続けていると、外はすっかり暗くなっていた。

「雨妹、夜食を貰《もら》ってきたぞ」

看病を雨妹に任せていた陳が、盆に載せた粥《かゆ》の器を持って戻って来た。二人とも夕食を食べ損ねたので、食堂まで取りに行ってもらったのだ。

饅頭《まんじゅう》が添えてあるのは、誰かがつけたおまけだろうか。しかも砂糖がまぶしてある甘い味付けになっていて、相手は雨妹の好みを知っていると見た。

「やった、ご飯だ！」

雨妹は江貴妃の傍《そば》を一旦《いったん》離れ、いそいそと陳が盆を置いた卓に着く。

看病する方も体力を使うのだ、病人の前でという遠慮をせずに、食べられる時にがっつり食べねば共倒れしかねない。

「容体はどうだ？」

「熱はもう上がらなくなって、少しずつですが下がり始めています。薬が効いて来ているんでしょうね」

雨妹は粥を食べながら、ちらりと江貴妃の寝ている牀《しょう》を見る。

運ばれて来たばかりの頃は溺《おぼ》れて死にかけたこともあり、微《かす》かな呼吸だったのが、熱の上昇と共に次第に荒い息遣いになっていた。

けれどそれも、次第に穏やかなものへと変化し始めている。

「そうさ、薬さえ間に合えば死なずに済む病なんだよ」

薬が間に合わずに死んでいった患者たちを思い出しているのだろう、陳が苦しそうな表情をする。

「この人は、きっと助かります」

自分は死亡者の数を一つ増やさずに済むように頑張るのだ。決意と共に粥をかき込む雨妹だったが。

「それにしても雨妹、お前この病に詳しいな」

とうとう陳から聞かれてしまった。

やはりこの質問は避けられないだろう。けれど、妙に病気に詳しい言い訳は考えてある。

「……辺境育ちなもので、たまに通る旅人に話を聞いたんです」

そう、「辺境で医術に詳しい旅人に聞いた」、これで押し通すのだ。

この雨妹の言い訳に、陳が片方の眉《まゆ》を上げた。

「そりゃあ、博識な旅人が通ったものだな」

いまいち信じてなさそうな言い方だったが、反応した方が負けである。粥を食べ終わった雨妹は、陳を見ないようにして饅頭を手に取る。

「で、その博識な旅人は、この風邪についてなんと言っていた？　風邪の変種か、はたまた全く別の病か」

陳はしかしこれ以上の追及はせず、別のことを聞いてきた。雨妹を事情持ちだと考えたのかもしれない。ある意味、前世の記憶があるという事情持ちではあるが。

「風邪ではない、全く別の病気ですね。初期症状が似通っているので誤解されるのでしょうが、効く薬が違いますし」

雨妹がそう答えると、陳はニヤリと笑う。

「そうかそうか！　これについては医者の間でも説が分かれていてな、俺は別の病派の医者なんだよ」

己の方の学説支持派が一人増えたと、陳は嬉《うれ》しそうに言った。

こうして二人で医術談義をしながら、看病する夜を過ごす。


そして夜が明けて、早朝。

江貴妃は少し熱っぽいものの微熱程度で、顔色もだいぶ良くなっていた。

「微熱はありますが、もう安心でしょう」

「おうよ、いやぁ良かった！」

雨妹は陳と二人で手を挙げて喜ぶと、しばらくして江貴妃が目を覚ました。

「……ここは？」

「医局です。太子殿下があなたをここで診て欲しいと、直々にお願いされたのですよ」

掠《かす》れた声で尋ねた江貴妃に、陳が経緯を説明する。

「……殿下が」

太子の名を聞いて、江貴妃はうっすらと涙を浮かべた。

「あなたを看病したのも、着替えさせて汗を拭《ふ》いたのも、ここにいる雨妹です」

意識のない間に世話をしたのが、男の自分ではなく宮女だと知らせる意味で、陳が雨妹を紹介する。

「ええ、私がずっとついていていましたとも」

「……そう、ありがとう」

陳と雨妹の言葉を聞いた江貴妃が、微かに笑みを浮かべる。

宮に帰っても世話をする者がいないと、昨日太子が言っていた。江貴妃が皇后候補の筆頭ならば、敵が多いのも頷ける話だ。

恐らく江貴妃は病にかかったところにつけこもうとする連中に対して、虚勢を張るのが精いっぱいで、療養どころではなかったのだろう。でなければ普通、異常行動をとって小川まで行きつく間に、お付きの宮女なり女官が止めそうなものだ。

――失態を望んでいた人が、身近にいるってことか。

その望みも、雨妹の乱入で断たれた訳だが。

江貴妃には元気になって、そういった意地の悪い人たちと戦う力を養ってもらいたい。

「食欲はありますか？　なにか食べられそうですか？」

「……すごく、お腹《なか》が空《す》いている気がするわ」

雨妹の質問に、江貴妃が困った顔をした。

全ての生活を整えられていた彼女にとって、お腹が空いたという感覚は珍しいものだろう。

「お腹が空いているのは、良いことです。身体が元気になろうとしているのですよ」

雨妹が言うと、江貴妃は安心した顔をする。

だが食べるにしても、胃も弱っているだろうから、重たいものは避けた方がいいだろう。

「では、湯菜《タンツァイ》でも貰って来ましょう」

湯菜とはスープのことで、栄養があって病人にはうってつけだ。

「あ、でも江貴妃の食事は太子宮で用意するのでしょうか？」

そこまで取りに行くのは遠いし面倒だな、と雨妹が思っていると。

「いや、宮女の台所で用意してもらっていいと、太子に聞いている。だからついでに、こっちの朝飯もな」

横から陳がそう言って、ついでの注文もする。

「わかりました」

というわけで、雨妹は朝食を確保しに食堂へ向かった。

徹夜明けの雨妹が煙と湯気の立ち込めた食堂に入ると、台所に美娜がいた。

「阿妹聞いたよ、大変だったたってね」

雨妹を見るなり、美娜が飛び出してきて肩を抱く。

「どうも、えらいことに巻き込まれました」

雨妹は苦笑しつつも美娜の抱擁を受ける。

どうやら雨妹が溺れた妃嬪を助けた話は知られているらしい。あれだけ野次馬がいたのだから、きっとあっという間に広まったに違いない。

「昨日の夜食のおまけの饅頭、美娜さんがつけてくれたんですか？」

雨妹が尋ねると、美娜はにっこりと笑った。

「ああ、看病っていうのは腹が減るからね」

美娜の気持ちに感謝をしつつ、今回の用件を告げる。

「病人用の湯菜を一つ、作って欲しいんですけど。ついでに私と先生の朝食も」

「あいよ、わかった。ところで阿妹その布、息苦しくないかい？」

美娜が頷《うなず》いた後、雨妹の顔を覗《のぞ》き込む。

そう、雨妹はマスク布を外していなかった。むしろ外してはいけないのだ。一応、陳に薬を貰って飲んではいるものの、前世看護師としては感染源にはなりたくない。

「慣れればそれほどでもないですよ」

雨妹はひらひらと手を振ってみせる。

「ふーん。持ち出しの朝食だったね、ちょいと待ってなよ」

そう言って美娜が台所に戻る前に、持ち歩いている消毒液噴霧器で彼女の手を消毒したのは言うまでもない。今の雨妹は歩く病原体なのだ。

本日の朝食は包子《パオズ》、要するに中華まんだ。ちなみに同じ中華まん系でも具無しが饅頭、具ありが包子と言われている。

今回の具は甘辛く味付けされた肉と、野菜の煮込んだものとの二種類で、看病明けでお腹が空いた身としてはありがたい量感である。

「美味しそうです！」

「朝食は大事だよ、ちゃんと食べな」

そう言って送り出してくれた美娜と別れ、朝食を持って医局に戻る。

すると江貴妃は牀に起き上がっており、陳に見守られながら、雨妹の用意した経口補水液を自分で飲んでいた。

「お待たせしました」

雨妹は自分たちの朝食を卓に置くと、湯菜を盆に載せたまま牀の上の江貴妃に渡そうとするが。

「あ、毒見は必要ですか？」

偉い人たちには毒見役がいることを思い出し、雨妹は江貴妃に聞く。

「いいわ。こんな時くらい温かいものを食べたいもの」

そして微笑みを浮かべた江貴妃は、まだ温かい湯菜の器を受け取ると。

「あなたもお腹が空いているでしょう？　一緒に食べましょう」

さらに、江貴妃が雨妹にそう告げた。

これに、雨妹と陳は目を見合わせる。

「……いいんですか？」

陳がそう問いかけた。雨妹としても江貴妃を一人にはできないので、後で陳と交代で食べるつもりだったのだが。

「いいのよ、わたくしのために頑張ってくれた方々ですもの。それにこんな時くらい、誰かと一緒に食べたいわ。実家にいた時は、家族と食卓を囲んだのですもの」

高貴な身になると、誰かと気軽に食卓を囲むことすら難しくなる。そして雨妹も誰かと一緒に食事するという楽しさを、都に来てから再認識できた。

――気持ちはわかるんだよねぇ。

この江貴妃の願いを無下にできず、雨妹と陳も卓に着いて食べることとなった。

ちなみに雨妹たちの朝食である包子は、とてもジューシーで食べ応えがあるものだった。雨妹の食べる様子が幸せそうに見えたのか、「早くそういうのを食べたいわ」と江貴妃が零《こぼ》していた。

――なんか、目に毒みたいですみませんね。

しかし江貴妃が一緒に食べると言い出したのだから、自分は悪くないはずだ。

そして江貴妃は時間をかけたものの、湯菜を全て食べた。その後吐くこともしなかったので、もう大丈夫だろう。

江貴妃が自分で食事などをできるようになったことで、雨妹はお役御免となった。江貴妃が目を覚ましたことを太子に連絡したところ、医局にいる間の世話をする者を寄越《よこ》すと知らせが来たそうだ。

そして江貴妃が、雨妹に改めて礼を言ってきた。

「先程陳先生に聞きました、小川で溺れたわたくしを助けたのは雨妹だと。本当にありがとう」

江貴妃はそう言って深々と頭を下げる。宮女に対して頭を下げるとは、矜持《きょうじ》の高い妃嬪にはできることではない。

——こういうところが、太子の皇后候補筆頭の理由なのかも。

ただ美しいだけの女では駄目だということか。

逆に言えば、皇后位を争う他の妃嬪にとっては鼻につく点でもある。

江貴妃が将来後宮の頂点に立てば、きっと住みよい場所となるだろう。雨妹としても、江貴妃にはこれにめげずに頑張ってもらいたい。

「明日、おやつを持ってお見舞いに来ますね」

「まあ、楽しみに待っているわ」

雨妹が告げると、江貴妃は本当に嬉しそうに言った。これはおやつを厳選する必要があるだろう。

——美娜さんに相談だな。


そうして医局から戻った雨妹を、今度は楊が待っていた。

「ご苦労さんだったね小妹、江貴妃は回復されたのかい？」

楊は挨拶《あいさつ》もそこそこに、江貴妃のことを聞いてくる。

「はい。熱も下がりましたし、朝は起き上がって自分で湯菜を食されました」

「そりゃよかった。太子宮が荒れずに済む」

雨妹の話を聞いた楊が、ホッとした顔をした。

「小妹は徹夜だったんだろう？　今日と明日は仕事を休みな」

楊はさらに、そんな嬉しいことを言ってくれた。

「ありがとうございます」

――やった、初めての休みだ！

休日を言い渡された雨妹は、徹夜明けながら跳ねるような足取りで大部屋に戻るのだが。

「あ……」

部屋の中の状況に顔をしかめる。

そこでは後宮に来た初日の時同様に、数人が寝ていた。よくよく耳を澄ませると、苦しそうな寝息が聞こえる。

――やっぱりこの人たちって、インフルエンザだったんだね。

もしかすると大部屋は下っ端宮女の部屋なので、ここが体よく隔離部屋扱いされているのかもしれない。

この可能性に薄々感づいていた雨妹は、寝ている宮女たちの体調が悪化しないように、自発的に掃除や換気をしていたのだが。

「泊りがけ仕事だったから、掃除できてないや」

雨妹は寝る前に少し掃除するかと考え、寝ている人たちを邪魔しないようにひっそりと物を隅に寄せ、窓を開けて換気をする。屏風《びょうぶ》で仕切られていて手間とはいえ、広さ的には妃嬪の屋敷より断然狭い。ささっと箒《ほうき》で掃いて、自分の場所周辺を消毒液噴霧器も使い拭き掃除する。

もちろん、湿度を足すためにお湯を置いておくのも忘れない。

ついでに、寝ている女たちの様子を見に行く。

今部屋に寝ている宮女は三人だ。初日に見た時よりも人数が減っている気がするが、治って出て行ったのだろうか。

——そうだと思いたいけどね。

嫌な想像をしないようにして、屏風の隙間からそっと顔を覗かせる。

「お水、飲むなら持って来るよ？」

「……お水、お願い」

一人に声をかけると掠《かす》れ声で頼んで来た。軽く脱水しているようではあるが、意識はしっかりしている。

他二人も同じように答えたので、台所で塩と砂糖を少量分けてもらい、経口補水液を作って吸い飲み代わりに急須《きゅうす》に入れて持って来る。

「手伝ってあげるから、ほら、飲める？」

少しずつ急須の中の水を口に含ませると、三人とも思いのほかゴクゴクと飲み干す。足りなくなったのでもう一度経口補水液を作りに台所に行くと、「寝ずになにやってるんだい」と美娜に呆《あき》れられた。

これらのことが済んで、ようやく就寝だ。

――あー、疲れたぁ。

布団に転がって速攻寝たのは言うまでもない。


雨妹は爆睡して気分一新したところで、約束通り江貴妃の見舞いに行くことにする。

「こんにちは江貴妃」

雨妹が医局に入ると、江貴妃は牀《しょう》に起き上がっていた。

「まあ雨妹、いらっしゃい」

江貴妃は痩《や》せ衰《おとろ》えてはいるものの、それでもずいぶん元気になった様子で、雨妹を笑顔で迎える。

「顔色が良さそうですね、これはお見舞いの品です」

雨妹が太子の妃嬪に対して礼をした後に懐から出したのは、油紙に包まれた美娜特製の糕《カオ》だ。それも卵を混ぜたカステラっぽいもので、今のところ雨妹の好物筆頭である。

他人に勧めるならば、やはり自分が好きなものでないといけないだろう。

……決して、雨妹が食べたかっただけではない。

「さっき作ってもらった蒸したてですよ」

「まあ、美味しそう！」

江貴妃はまだ温かい糕《カオ》をとても喜んでくれた。

――うんうん、糕《カオ》って美味しいよね！

雨妹はおやつの中でも、卵の糕《カオ》は特別に好きだった。このフワッとした食感が幸せを誘うのだ。

それに、江貴妃に食欲があるのは回復した証拠である。

「お茶を淹《い》れてくれる？　そしてあなたも一緒に食べましょう」

江貴妃が声をかけたのは、傍についている宮女だ。髪を耳の上でお団子に結っている、雨妹より年下に見える可愛い娘である。

「はい！」

宮女は、ビシッと背筋を伸ばしてお茶の用意を始めた。その様子はベテランというよりも下っ端の新人っぽい。

「この娘《こ》は、太子殿下が寄越して下さったの」

雨妹の視線を見取ったのか、江貴妃が教えてくれた。この宮女は太子によって病人に害をなさないという人選で、身の回りの世話をするために寄越されたという。

「あ、あの、どうぞ」

宮女が緊張した様子でお茶を差し出してくる。

彼女は雨妹が一緒だった集団にはいなかった娘なので、雨妹より先輩だと思うのだが。それにしては妙にオドオドしている。

「私、最近後宮に来たばかりの新人なの。よろしくね」

だから緊張しなくていいと言いたかったのだが。

「あ、はい、よろしくお願いします！」

宮女はやはりビシッと背筋を伸ばして頭を下げた。そして言葉遣いが敬語である。

——こういう性格の娘なのかも。

オドオドしているのも、小動物っぽくて和むかもしれない。案外癒し効果を狙っての人選なのだろうか。だとすると太子もなかなか侮れない。

江貴妃も牀から出て、雨妹と宮女と同じく卓を囲んで座る。そして雨妹は毒見をしたという事実を作るために、先に糕《カオ》を一口頬張る。

——うん、絶品！

ふんわりとした中に感じる卵の味、そして上品な砂糖の甘味。どれも王美人に貰《もら》ったおやつの糕《カオ》に、負けずとも劣らぬ出来栄えである。

この時点で、美娜は雨妹の中の神となった。

雨妹に続いて、江貴妃も上品に糕《カオ》を一口大に千切り、口に入れると頬を綻《ほころ》ばせる。

「出来立てっていいわねぇ、とっても美味しいわ」

美娜特製糕《カオ》は、江貴妃のお気に召したようだ。病人で胃が弱っているだろうという想定で、選定されたおやつでもあったのだが。

——江貴妃が喜んでいたって、後で美娜さんに教えてやろう。

雨妹がおやつの出来栄えを気にしていた美娜を思っていると。

「貴妃になって豪華な食事を出されるけれど、出来立てを食べる機会は減ったのよ」

江貴妃が糕《カオ》を食べながら、寂しそうに告げた。

料理が出来上がって江貴妃の元に届くまで、たくさんの人の手を介する。運び手もそうだが、毒見も念入りにすれば時間がかかるだろう。

そんな江貴妃はこの医局でくらい、それらから解放されたいのかもしれない。

――偉い人って、案外窮屈なんだな。

雨妹がそんな風に思いながら糕《カオ》に齧《かじ》り付いていると。

「おい、俺の分はないのか？」

奥の部屋にいたらしい陳が、ひょいと顔を出した。

「ちゃんとありますよ、どうぞ」

陳に雨妹はもう一つ包みを出して見せる。

こうして四人でおやつを食べながら、陳が江貴妃の今後について語った。

「江貴妃は予定通り明日まで医局にいてもらい、明後日に宮に戻れると、太子にもお伝えしてある」

「まあ、そんなものでしょうね」

陳の見立てに、雨妹も頷《うなず》く。前世でもインフルエンザは熱が下がって二日は自宅待機となっていた。治りかけが一番他人にうつりやすいので、それが賢明だろう。

「よかったですね、玉秀様」

太子宮に帰る日取りを聞かされ、喜ぶ宮女に江貴妃も頷く。

「ええ、私も熱で苦しんでいる時は、もう駄目かと思ったわ」

確かにインフルエンザは頭が茹《ゆだ》るかというような高熱に、身体の節々の痛みや倦怠感《けんたいかん》、頭痛に吐き気との闘いと、このまま死ぬのではないかという気持ちになる、らしい。

実は前世でもインフルエンザに罹《かか》ったことのない雨妹なので、あくまで患者から聞いた情報である。

太子の話からすると、江貴妃はお世話もされずに放置されていたようなので、余計に苦しかったことだろう。

「今回死ぬ思いをしたけれど、あなたという人に会えたことは幸運だと思っているわ。改めてありがとう、雨妹」

重ねてそう言われ、雨妹は微笑む。

「光栄です、江貴妃」

江貴妃の回復に、確かに雨妹の心肺蘇生《そせい》が間に合ったことは大きいだろう。

だが本人の体力がなければ、手立ても薬も生かされない。江貴妃の生きる力が、インフルエンザに勝ったのだ。

「太子宮に戻るまでの間は休暇だと思って、医局でゆっくり過ごすといいですよ。美味しいおやつもありますから」

ここには値踏みする人は誰もいないのだから、心行くまでダラダラとして、英気を養うといい。

雨妹がそう思って告げた言葉に、江貴妃がコロコロと笑う。

「まあ、雨妹は面白い言い方をするわね。病気を休暇だなんて」

病気に罹るのは悪いことだと思いがちである。

けれど病人はどうあっても休まなければならないのだから、気分良く過ごす方がいいはずだ。病人が鬱々《うつうつ》と過ごさなければならないなんて決まりは、どこにもないのだから。

「でも、そういうのもいいわね。それに本当にこの糕《カオ》は美味しいわ。こちらの台所には腕のいい方がいらっしゃるのね」

江貴妃が千切った糕《カオ》のかけらを食べ、目を細める。その様子は表情豊かで、可愛らしい女性だと思う。

――そうか、太子はこういうのが好みか。

雨妹としては、なかなかいい趣味であると言いたくなった。

第三章　雨妹と太子

雨妹《ユイメイ》と江《ジャン》貴妃が楽しそうに糕《カオ》を食べていた頃。

崔《サイ》国の太子である劉明賢《リユウ・メイシエン》の近衛《このえ》である王立勇《ワン・リーヨン》は、太子に従って宮城の回廊を歩いていた。

向かうは明賢の父、即ち皇帝である劉志偉《リユウ・シエイ》の執務室である。

「おはようございます、父上」

明賢が開け放たれた扉の外から声をかける。

「明賢か、どうした朝から」

すると官吏に囲まれ、机の上に広げた書類を見ていた志偉が、そう言いながら顔を上げてこちらを見た。

志偉のその様子は、見るからにやる気がなさそうで無気力、人生がつまらなそうな顔をしていた。

——この方は、相変わらずこの調子か。

立勇は内心でそうぼやき、ため息を堪《こら》える。

志偉は二十年前に若くして即位した際には、勇猛にして英明なる皇帝と言われた人であるというのに。現在はまるで幽鬼のようだと言われる様である。

そんな立勇の内心など知るはずもなく、志偉が明賢に言った。

「江貴妃が臥《ふ》せっているのではなかったか?」

志偉も一昨日《おととい》の騒ぎを耳にしたらしく、「こんなところにいる場合ではないだろう」と言いたげだ。

しかしこれに、明賢が首を横に振る。

「ご心配なく、玉秀《ユウシオウ》は回復していています。昨日の夕刻に様子を見に向かったところ、体力は落ちているようですが、すっかり元気でしたから。医局の陳《チエン》先生が言うには、二、三日のうちに宮に戻せるそうですので」

「……そうか、それはよかった」

話を聞いた志偉が、目を細めて顎《あご》を撫《な》でる。

この話は志偉のみならず、同じ部屋にいる官吏たちにも当然聞こえている。これで江貴妃に対し、病を利用して排除する計画が失敗したことが、企《たくら》んだ本人まで届くことだろう。

江貴妃が狙われたのは、彼女を明賢の皇后にさせないためだ。

後宮では皇帝である志偉よりも、皇帝の母である皇太后の方が影響力が強い。

そして明賢は、皇太后の姪《めい》である皇后の子ではなかった。明賢の母は、皇太后の一族とは違う派閥の一族の娘だ。

皇帝位が次代にうつる際、後宮に残れるのは皇帝の生母のみ。このままでは皇太后子飼いの皇后は、後宮を去らねばならない。それでは皇太后の力が弱まってしまう。

皇太后は権威欲の旺盛《おうせい》な女であるため、次代の皇帝位でも影響力を持ちたくて、色々と工作をしている。

この工作の一つが、明賢の皇后を自分の血筋の女にすることだ。

こうして明賢の元に送り付けられたのが、まだ成人していないどころか、十も過ぎていない歳《とし》の娘であった。

――庶民でも、まだ親の保護の下で暮らす年頃だろうに。

皇太后のやり過ぎぶりに、立勇としても怒りを通り越して呆《あき》れるばかりである。

そして明賢の乳兄弟である身の立勇としては、彼に少しでも幸せな結婚を選んで欲しいと、日々願っているのだ。

その送られてきた娘本人は、突然母から引き離されて戸惑っている、普通の子供だった。明賢は保護する意味合いで娘を太子宮に招き入れ、いずれ好いた男ができれば一緒にさせてやりたいと考えているようだ。

利用されているだけで、娘に罪はない。それは江貴妃も同じ意見だという。

けれど江貴妃に万が一のことがあれば、自動的にこの幼い娘が皇后候補筆頭となる。

――小川に落ちた現場に例の宮女がいなければ、計画は成功していただろうな。

あれは明賢にとって、実に幸運だった。

江貴妃付きの宮女や女官の入れ替えが上手《うま》く行かずに、後手に回っていた際の事故に、己とて正直絶望が過《よ》ぎったのだから。

立勇がその場で野次馬をしていた者たちから集めた話によると、その宮女の行いは「呪い憑《つ》き」と同じくらいに奇異で不気味な行動に見えたという。

『死人に口づけをして、胸をひどく叩《たた》いて暴行しているようだった』

その宮女らはそう言って怯《おび》えていた。

しかし医局の陳によると、彼女の行為は医師の間でもあまり知られていない、異国の人命救助法であるらしい。そして彼女がいなければ、その救助法を試みることは難しかっただろうとも。

――明賢様の貴妃に陳先生が口づけするのは、確かに難しいだろうな。

医療行為とはいえ、第三者が大勢いる場では姦通《かんつう》を疑われてしまう。

けれど不幸中の幸いというもので、彼女のおかげで江貴妃は助かった。

それにこれで、事故の責任を負わせるという理由を付けて、役立たずどもを一斉に追い出せる。

そして明賢の信頼する者で固めるのだ。

今は江貴妃を安全な医局に預かってもらい、いずれ江貴妃につけようと事前に選定していた宮女を、すぐに側《そば》付きとして向かわせている。

安全面にも配慮し、医局周辺に密《ひそ》かに護衛を配置した。食事も太子宮の台所ではなく宮女の宿舎の台所にお願いし、手の者を送り込んで安全な食事を用意させている。

――明賢様のためにも、決して皇太后の横槍《よこやり》は入れさせない。

立勇がそう決意するのはいいが、明賢が今回志偉を訪問した本題はこの件ではない。

「面白いものを手に入れましたので、ぜひ父上にも差し上げようかと思いまして」

明賢が微笑《ほほえ》みを浮かべて、志偉のいる机の傍《そば》に寄る。

「なにか珍しいものでも手に入れたのか？」

「まあ、見てください」

明賢がそう言って背後に控えていた立勇を振り返るので、布を被《かぶ》せてある盆を差し出す。その布を、明賢が自ら外して見せた。

そして中にあったのは噴霧器だ。

「……その噴霧器が、どうかしたのか？」

思わせぶりなことをした挙句、何の変哲もない噴霧器が出て来たことに、志偉が眉《まゆ》をひそめる。

「父上、これは中身が大事なのですよ」

そう告げた明賢が盆から噴霧器を取ると、志偉に向かって吹き付けた。

「なんだ⁉　酒臭いぞ！」

「でしょうね、酒精を薄めたものが入ってますから」

顔をしかめた志偉に、明賢は悪戯《いたずら》が成功したとでもいうように笑みを深める。

「医局にいた者が言っていたのです、これは今流行《はや》っている病にとても効くのだと。これをこまめに手などに吹きつけるといいらしいですよ。ああ、お茶を飲むのもよいと言っていましたっけね」

「……そんな話、医者から聞かされなかったぞ。あの藪《やぶ》が」

志偉は侍医の顔を思い浮かべたのか、さらに眉間《みけん》の皺《しわ》を深くする。

現在皇帝付き侍医の地位にある者は、金を使って皇太后に取り入った輩《やから》なので、腕前の方は推して知るべしである。

実際その侍医のせいで、お気に入りの王《ワン》美人が酷《ひど》い目に遭ったらしく。志偉の怒りもことさら募るというものだろう。

――そういえば、その王美人の呪い憑きの疑いを晴らしたのは、新人の宮女だという噂《うわさ》だったか。王美人は風邪でも呪いでもなく、ただ咳《せき》をしやすい体質だったのだという。道理であの侍医が出した風邪薬で治らないはずである。

皇帝を診るべき侍医よりも、新人宮女や医局の医者の方が信用できるとは、困ったものだ。

「こちらは差し上げますよ。父上には、ぜひ健康でいていただきたいですからね」

「そうか、有り難く貰《もら》っておこう」

そんなことをつらつらと考える立勇を余所《よそ》に、志偉は明賢から噴霧器を受け取ると、しげしげと観察していた。


用が済んだ明賢が執務室から退室した後、立勇はその後ろについてしばらく無言で歩いていたが。

「言わなくてよかったのですか?」

誰もいない回廊に差し掛かり、立勇は明賢に囁《ささや》くように言った。

「なにをだい?」

振り返らずに尋ねる明賢に、立勇は周囲を憚《はばか》るように見渡し、潜んでいる護衛により人払いがなされていることを確認してから答える。

「医局にいた、あの青い瞳《ひとみ》の宮女のことをです」

「ああ、彼女ね……」

明賢はそう呟《つぶや》き足を止めると、立勇が厳しい顔をして隣に並ぶ。

「青い瞳は皇族の証《あかし》、それがあのように宮女をしているとは驚きです」

そう、この国において青い瞳とは、皇族の血が流れていることを示している。

この立勇の指摘に、しかし太子は肩を竦《すく》めてみせた。

「皇族の血なんて、とっくに庶民に流出しているじゃないか。これだけの女を後宮に召し抱えて、生まれた子のその先まで管理できていると思うかい？　そんな流出した皇族の末裔《まつえい》が、たまたま宮女としてやって来ただけかもしれないね」

確かに、明賢の言っていることは正しい。

庶民の中に、青い目の者を時折見かけることはある。そしてあまりに田舎だと、青い瞳が皇族の証だという事実が知られることなく、突然変異くらいの意識で暮らしている例も少なくない。過去にそうした出自の者が宮女や女官、宦官《かんがん》になった例もある。

しかし立勇がそれでもあの宮女を気に掛けるのは、今回あまりにも間が良すぎるという点だ。

「医局付きを装っていましたが、聞けばあの者の仕事は掃除だというではないですか」

宮女を統括する楊《ヤン》の話によると、雨妹は非常に働き者であり、掃除先の屋敷の妃嬪《ひひん》たちに大変可愛《かわい》がられているという。

一部の志偉の妃嬪たちの屋敷が掃除されず、酷いことになっていたが、一向に改善されることはなかった。

それらの妃嬪は皆、皇太后の敵対派閥の娘たちだったのだ。

仕事をしない役立たずばかりを送り付けるように手をまわす、皇太后の度重なる横槍に、流行り病での人手不足と重なって、楊も苦心していた。

王美人の屋敷もその一つで、一度見に行った立勇はまるで幽霊屋敷のようだと思ったものだ。現在志偉からの寵愛《ちょうあい》の厚い妃嬪であるので、皇后から目の敵にされているせいだろう。

そんな苦境にある妃嬪たちの屋敷を、ほんの数日で綺麗《きれい》に掃除してみせたのが、件《くだん》の雨妹という新人宮女である。

医術の知識があり掃除をさせても有能、それが青い瞳の持ち主とあれば、怪しまない方がおかしい。

さらには恐らく、雨妹は字が読める。

先日明賢が名を聞けば、己の名の由来まで答えた。それは即《すなわ》ち名を書くことができ、文字の意味も知っているということ。

けれど楊は雨妹が読み書きできるとは知らないらしい。自己申告されていないのだろう。だが普通、こうした能力は給金が上がる基準となるため、申告しない方がおかしい。

それにこちらと目を合わせないように顔を伏せがちで、明らかに警戒していた。

こうした理由で、近衛である立勇が危険人物として雨妹を警戒するのは当然のことだ。

ところで、その彼が後宮内でのことをまるで見ていたかのように話すのは、もしこの場に第三者がいれば違和感を覚えたことだろう。しかし生憎《あいにく》とここにはそうした者がいないため、そのまま会話は続けられる。

「なにかよからぬことを企んでいる可能性があります。皇族の地位を確約してやる見返りに、皇太后に加担しているとしたら、大変危険です。すぐに排除すべきではないでしょうか」

立勇の意見に、しかし明賢が困ったように微笑む。

「しかし彼女――雨妹は献身的な看護で玉秀を助けてくれたよ？」

「それは、そうですけれども」

明賢の発言に、立勇はぐっと言葉に詰まる。

もしあの宮女が皇太后の刺客であれば、江貴妃の息の根を止めることなんて簡単だっただろう。そのまま放置しておけばいずれ息絶えたであろうことくらい、想像に難くない。

けれどその雨妹という宮女は、面倒な手間をかけて徹夜で看病し、江貴妃を見事回復させた。あの状態から回復したことに、陳も驚愕《きょうがく》していたものだ。頼まれたものの回復する可能性は低いと見ていたと、江貴妃を見舞った明賢に正直に語っていたのだから。

しかし、それはそれ、これはこれだ。

「ですがあのような怪しい者、早いうちに芽を摘んでおくべきです」

頑として主張する立勇に、しかし明賢は「でもなぁ」と目を伏せる。

普段であれば少しの危険も見逃さない明賢であるのに、何故《なぜ》か今回は妙に歯切れが悪い。

「もう少し、様子を見てからでいいじゃないか」

そう話す明賢に、立勇は訝《いぶか》しむ視線を向ける。

「明賢様は何故、あの娘を気に掛けるのですか？」

立勇がそう疑問をぶつけると、明賢は意味ありげな笑みを浮かべた。

「あの娘、ちょっと目を惹《ひ》く髪をしていたと思わないかい？」

「確かに」

明賢の指摘に、立勇は頷《うなず》く。

あの宮女は珍しい髪をしており、夜空のような青みを帯びた不思議な色合いであった。しかし、それがなんだというのだろうか？

疑問顔の立勇に、明賢が告げた。

「私はね立勇、あの髪と同じ色合いをした女《ヒト》を、一人知っているんだよ」

「そうなのですか？　自分は存じませんが」

もし記憶にあるならば、すぐに思い出したはず。明賢と乳兄弟である自分が知らないとなると、後宮内にいる女ということになる。

それは一体誰だろうかと、立勇が後宮内の女たちの名を脳内で並べていると、明賢が意味ありげに微笑む。

「その髪の持ち主はね、十六年前、姦通の罪で後宮を追放され、辺境の尼寺へ追いやられた不幸な人だよ」

明賢の言葉に、立勇は目を見開く。

「……まさか、張《チャン》美人⁉」

この立勇の反応に、明賢は満足そうな顔をして告げる。

「話の続きは、私の宮に戻ってからしようか」

確かに、人払いをしているとはいえ、このような声が筒抜けになる場所ですべき内容ではない。

というわけで、二人は場所を変えて話をすることとなった。


張美人とは、簡単に言えば権力争いの煽《あお》りを受けた被害者だ。

そしてこの件は後宮を騒がせた大事件であったので、当時明賢の遊び相手をしていた立勇も、ざっとした話は聞き及んでいる。

志偉が即位したばかりの頃、皇太后は自身の立場をより強固なものにしようと、明賢の時同様に己の姪《めい》を皇后として押し付けた。

そして志偉には、それを撥《は》ねのける力がなかったのだ。

皇太后は皇族出身で、とても気位が高い。それは姪にも当てはまり、大変美しい女であるがすぐに癇癪《かんしゃく》を起こす皇后に、志偉は辟易《へきえき》とする。

しかし幸い、志偉には太子となる男子——つまりは明賢が、皇后以外の妃嬪にすでに産まれていたため、皇后との間に子をもうける必要がなかった。

ゆえに志偉は皇后と形ばかりの夫婦となるつもりだったようだ。将来、皇帝の座を巡る争いを避けるためでもあったのだろう。

しかし後宮では皇后であること以上に、皇帝の生母であることこそが意味がある。

志偉は皇太后から子はまだかと責められ、皇后からも夜の渡りを求められる。そんな殺伐とした状況で、志偉が癒しを求めて穏やかな性格の妃嬪の元に通うのは、自然の流れだったであろう。

そうして愛を育んでいた相手が、張美人だ。宮女であった彼女を見初めた志偉と愛を育み、やがて懐妊して公主を産むことになる。

一方で、皇后はずっとこうした状況にやきもきしていた。他の妃嬪には子が産まれるのに、皇后には子ができない。

子作りをしていないので当たり前なのだが、皇后は子供のできない体質なのだという噂が流れるには、十分な環境だ。

それを払拭《ふっしょく》するために皇后がとった行動は、他の皇族から密かに子種を貰《もら》うことだった。

そうして懐妊した皇后は男子を産み、次代の太子はこの子だと主張する。図らずも、張美人の出産と同時期のことだ。

しかし、志偉が「皇后と行為をしていないのに子ができるなんて不自然だ」と発言したことで、騒ぎになる。

なんでも皇后との間に子をもうけるつもりのない志偉は一計を案じ、皇后に睡眠薬を飲ませて凌《しの》いでいたらしいのだ。皇后はお嬢様育ちゆえに、そんな子供騙《こどもだま》しに引っかかったのだろう。皇帝との夜の生活とはこんなものかと思っていたようだ。

それから後宮に密かに出入りしていた男も判明し、いよいよ糾弾というところで、皇太后が横槍《よこやり》を入れて来た。

『その男が張美人の元から出て来たのを、私の女官が見た』

皇太后の命で張美人の屋敷に捜索の手が入り、なんと男の持ち物だとされる物が発見される。

「そんな男も物も見たことがない」という張美人の言葉は黙殺である。

後ろ盾がない張美人は、志偉が庇《かば》いたてしても皇太后には敵《かな》わなかった。後宮では真実よりも、皇太后の意見の方が強かったのだ。

皇帝の妻たちの姦通《かんつう》は死罪。当然のごとく皇太后はそれを求めたが、志偉の猛反発で辛うじて食い止める。

それでも結局後宮を追い出されることとなった張美人は、産まれたばかりの公主もろとも、辺境の尼寺に追いやられたのだ。

「聞こえてきた話によると、それからすぐに張美人が自ら命を絶ったと。産まれた公主の情報が一切入らなかったので、一緒に死んだのだとばかり思っていました」

そう話す立勇は、移動した太子宮で近衛の姿から服装を変えていた。

いや、ここにいる自分は立勇ではない、立彬《リビン》だ。立彬は立勇の双子の弟、ということになっている。

全くもってややこしいのだが、明賢を守るためにはこうする必要があった。なにせ、近衛は後宮に入れないのだから。

立彬としての自分は、宦官だ。だから当然、近衛であればしないであろう給仕だってする。

今も、すっかり慣れた手つきでお茶を淹《い》れていた。

立彬の淹れたお茶に口をつけた明賢は「また腕を上げたね」と褒めてから、口を開く。

「父上ですらそう考えていたよ。あの子が生きていれば、あの雨妹と同じくらいの年頃だろうね。張美人が追放されたのは、雨妹の故郷である辺境の尼寺。それに張美人の子供も、奇遇なことに名前を雨妹っていうんだ。適当と言われても仕方のない名を、あの子に付けたのは父上だけど」

明賢が「本当に、偶然ってあるものだね？」と言って楽しそうに笑う。

髪の色だけであれば、似ている者がいると思うだけ。あるいは青の瞳も、高貴なる血の末端でも受け継いだかと思われる。

しかしこの両方を持ち、なおかつ名が雨妹となれば、偶然では済まされない。

雨の日に生まれた女の子だから雨妹だと、親にはもう少し捻《ひね》って名付けて欲しかったとむくれていた、あの娘が。

——死んだと思われていた公主だというのか⁉

「しかし明賢様、だとするとあの宮女の目的は、陛下への復讐《ふくしゅう》という可能性があるのでは？」

尼寺に捨てられ母を亡くした子が、捨てた父親を恨むのはあり得る話だ。なにより、雨妹が自身のことをどう聞いているのかも調べなければならない。

「うん、そうだね。だからまだ父上には秘密だよ？」

「秘密と言われても……」

果たして、今さら秘密にできるのか？　立彬としては疑問である。

あれだけ派手にやらかしておいて、しかも青っぽい髪という目立つ目印まであるのに。明賢が気付いたように、志偉の前に出れば一発で露見するのは必至なのではないのか？

――やはりそのような危うい存在など、遠ざけるべきなのでは。

立彬がもう一度意見しようとした時。

「私はね、一度だけ張美人に産まれた子を抱かせてもらったことがあるんだ」

明賢がそう言って、目元を和ませた。

「小さくて柔らかくて。でも私と同じ青い目が真っ直《まっす》ぐに、こちらを見つめてきたのを覚えているよ。その頃は、肉親の情というものが理解できなかった私だったけど。抱いているとね、『この娘は家族だ』って自然と思えたものだった」

「明賢様……」

立彬はなにも言えなくなる。

太子であり、この国で二番目に尊い男子である明賢だが、幸せな私生活とは言い辛い。

明賢の母は皇太后からの嫌がらせで心を病んだ末、自分の宮に閉じこもり。父は昔失った女と共に、心を置いてきている。

そして明賢自身も、何度も毒を盛られたり刺客を送られたりとせわしない毎日だ。

おかげで跡取りをもうけようという気になれないらしく、まだ子はいない。

そんな明賢が初めて肉親の情を抱いた存在となれば、特別であることは仕方ないだろう。

このようにあの事件が志偉と明賢に影を落とす一方で。

姦通をした張本人の皇后はといえば、皇太后の保護の下、未《いま》だ後宮に居座っている。けれど皇后の産んだ男子を太子とすることを、志偉が決して認めなかったため、その子は十五歳になった昨年、後宮を出た。

だが皇后はまだ己の子を太子にする機会を狙っている。

要するに、息の抜けない油断ならぬ状況というわけだ。

そんな中、明賢と愛し合うというより、戦友のような存在の江貴妃が失われれば、後宮の均衡が一気に崩れてもおかしくないところだった。

それを思えば、あの宮女はいい仕事をしたと言えよう。

——だがあの娘、果たして本当に明賢様のためになるのか？

そんなこちらの内心を、明賢が読んだのかどうか。

「というわけで立勇、これからは定期的に雨妹の様子を見に行くようにね」

「はっ、……はあ？」

立彬は反射的に返事をした後、呆《ほう》けた顔をした。

「私が、でございますか？」

「そう。だって、ほかの者に頼んだら誤解されるじゃないか」

明賢が雨妹を召し上げようとしていると噂されれば、雨妹が悪目立ちしてしまう。

そしてもし雨妹の素性が明らかになれば、皇太后や皇后はきっと排除か取り込みかの働きかけをするに違いない。

雨妹が公主と認められるということは、皇后の姦通が裁かれるということなのだから。

こうした諸々《もろもろ》の事情はわかる。けれど、どうして自分なのか。

「明賢様、私も結構危うい立場なのですがね」

「わかっているけど、やはり信頼できる者を頼りたいんだよ」

少しも悪びれない明賢に、立彬は思わずじっとりとした視線を向ける。主の信頼が厚いのは誇らしいが、まさかこのようなことになるとは。

「頼んだからね、宦官《かんがん》の王立彬《ワン・リビン》」

渋い顔をする立彬に、明賢はそう呼びかけた。

「ああ、忙しくなるなぁ」

言葉とは裏腹に、とても楽しそうな明賢なのだった。

＊＊＊

江貴妃のお見舞いの翌日。

——よし、今日からまた仕事だ！

気合を入れた雨妹は、朝から食堂でモリモリと朝食を食べていた。

ちなみに本日の献立は麺《めん》である。汁無しの混ぜ麺で、朝から結構重めに思えるが、労働者にはこれでちょうどいいのだ。なにせこれから夕食までもたせなければならないので。

そんな食欲旺盛《おうせい》な雨妹はなんと、未だにインフルエンザを発症せずにいる。

インフルエンザの潜伏期間は一、二日と短いので、感染しているならとっくに発症しているはずだ。

——我ながら、免疫力がんばったわ。

思えば前世でも、同僚がバタバタとインフルエンザに倒れて職場から消えていく中、一人だけ罹《かか》らずに職場で奮闘していた気がする。ウイルスが逃げて行く体質は、前世から持ち越したものらしい。

けれど油断はできない。冬から春になる間のこの季節が、インフルエンザは一番猛威を振るうのだ。

だから雨妹は医局の医者に言われたという前置きで、昨日医局から戻った後、予防の大切さを周囲に説いて回った。

けれど、その成果は芳しくない。

というのも、これは病気ではなく呪いだと信じている者が、雨妹が話をした中でも半数以上いるのだ。

——うーん、意外に呪い説は根深いんだなぁ。

やはり皇太后が支持したというのが大きいのだろう。

そしてもう一つ問題が発覚した。

「ちょっと、あの娘《こ》じゃない？」

「寄ると呪われるっていう……」

食堂にいる他の宮女が、雨妹を見てひそひそとなにか言っている。

――聞こえているっつーの。

雨妹は内心でツッコみながらも、極力表情を変えないようにする。ひそひそしているけれど微《かす》かに聞こえるという、絶妙な声量で話すのがまた嫌らしい。

「雨妹が呪いの根源」説もまた、まことしやかに広まっているらしいのだ。

あの時江貴妃に施した心肺蘇生《そせい》が奇異に思われたらしく、現場で野次馬をしていた者たちから流れたようだ。

これを特に積極的に噂しているのが宦官だ。役立たずだったくせに、こういう仕事だけは素早い。

――私を悪者にして、自分たちのヘタレっぷりを消したいんだろうな。

噂の全体像によると、「呪いを恐れず江貴妃を助けようとした宦官たちを、雨妹が突き飛ばし邪魔をして、さらなる呪いを振りまいた」という内容だ。どれだけあの役立たず宦官に都合のいい噂なのだか。

だがこの噂だけならば良かった。

この話と相まって混乱させているのが、同僚からの嫉妬《しっと》だ。

雨妹が看病したのが太子お気に入りの妃嬪だったことで、出世狙いの嫌らしい女だという話が広まっているのだ。

噂が広まったのは雨妹が爆睡している間である。こうした話は本当にあっという間に広まるものらしい。

女の嫉妬は海よりも深い。前世でも女の多い職場にいたので重々知っていたつもりだが、少々後宮を舐《な》めていた。

雨妹はただでさえ後宮入り初日から忙しくて、人間関係の構築が遅れ気味だ。宮女の間で少々浮いているのは自分でも自覚しており、その中でのこの事態である。

おかげで誰も雨妹と一緒に行動をしたがらず、仕事でも食事の席でも一人である。寂しいことこの上ない。

そんなひとりぼっちの雨妹を、唯一構ってくれるのが美娜《メイナ》である。

「ここ、座るよ」

雨妹が座っている卓に、美娜が自分の食事を持ってドカリと座った。今日は休みらしく、宮女のお仕着せではなく気楽な格好をしている。

「美娜さん、おはようございます。昨日の糕《カオ》、江貴妃がとても喜んでましたよ」

昨日は糕《カオ》を貰《もら》った後、美娜が忙しそうで話せていなかったので、早速報告をする。

「そうかい⁉　いやぁ嬉《うれ》しいねぇ」

江貴妃の食事は、初日からずっと宮女の宿舎で用意されているらしい。

こちらの方が医局に近いというのもあるのだろう。だが陳が言うには太子がこちらを指定したらしいので、太子宮の台所番を信頼できないのかもしれない。

太子は太子宮の台所より、宮女の宿舎の台所の方が危険が少ないと判断したのだろう。

――江貴妃がいない間に、太子が頑張って太子宮改革をしてくれるといいけど。

そんなことを考えながら、雨妹が朝食をかき込んでいると。

「……およ」

食堂に三人の宮女が群れて入って来るのが見え、その中に梅《メイ》の姿があった。

雨妹の世話役なのに、王美人の看病で揉《も》めて以来、顔を見るのはこれが初めてだったりする。

「おうおう、お仲間引き連れちゃってまぁ」

梅は数人の宮女を引き連れているが、彼女たちも都出身の宮女だということだ。

梅たちは宮女のお仕着せ以外にも簪《かんざし》や襟巻などでお洒落《しゃれ》に着飾り、綺麗《きれい》に化粧をしている。田舎者のひがみ目線で見れば、「都生まれ」という主張を全身でしている格好だ。

彼女たちは全員が、実家からの仕送りが期待できるくらいに、裕福な家出身なのだろう。

「阿妹《アメイ》が出世狙いのズルい女だと言いふらしているのは、あの連中だよ」

美娜が雨妹に囁《ささや》く。

——まあ、そうじゃないかと思ってたけどさ。

悪い噂というものを広めるのは、なんの関係も持たない第三者だろうが、生み出すには積極的な悪意を持つ個人が必要となる。

無関心な相手は空気と同じで、噂になり得ないのだから。

それで言うと、人間関係が薄い雨妹に直接関係していて、後宮に来た初日から悪意を飛ばしてきたのは梅くらいだろう。

宮女には借金を背負って後宮入りした娘もいる中で、梅も他の娘らも恐らく皇帝か太子に見初められるのを期待されて、送り込まれた女たちだ。あのように華やかさを演出しているが、妃嬪になれなければなんの意味もない。

そして年々歳《とし》を重ねていき、若さは衰える。ある意味崖《がけ》っ縁《ぷち》にいる連中とも言えた。

そんな崖っ縁の女たちからすると、新人のくせに太子のお気に入りの妃嬪とあっさりお近付きになれた雨妹が、妬《ねた》ましくて仕方ないだろう。

「阿妹がきっちり仕事をして上役に気に入られているのが、癪《しゃく》に障るんだろうさ」

だったら自分もサボらず仕事すればいいのにと、美娜が苦笑するが。

――最初から、働くつもりがなかったんだろうなぁ。

妃嬪になることが目的ならば、彼女たちの家はそこそこの身分なのだろう。そこの娘となれば、使用人に全てを任せるような生活だったと想像できる。

そこでちやほやされて育っていれば、後宮入りすればすぐに皇帝なり太子なりの目に留まるとでも言われ、本人もそのつもりだったのではなかろうか。

つまり梅らは掃除も洗濯も台所も、「自分のような女がすることではない」と内心で考えているのだろう。だから働かず、結果女官に出世できていない。

梅は長く後宮にいるので上級宮女にはなれているようだが、そこから女官になるには試験があり、当然上司からの推薦も必要だ。

働かない宮女を推薦する上司は普通いないだろう。

なんのことはない、自分で自分の首を絞めているだけである。

そんな梅とお仲間たちが、ずんずんと雨妹の座る卓までやって来た。

「呪いの元のくせに、こんな所に堂々と居座って。一体どういうつもりかしらね？」

「そうよそうよ」

「ここから消えなさいよ」

口火を切った梅に、お仲間も同調する。

「おはようございます、皆さん朝から元気ですね」

相手は一応先輩なので、雨妹は口の利き方で文句を言われないために、朝の挨拶《あいさつ》をした。

こちらが嫌な顔をしたり、ムッとした態度を取ることを期待していたのだろう。至って普通の態度の雨妹に、彼女たちは一瞬黙る。

こういう場合の回避方法は、相手のやり方に乗らないことだ。

――にしても、大勢の前で堂々といじめとか、あんまり賢いやり方じゃないな。

まがりなりにも妃嬪になろうというのなら、普段の行動や態度なども大事だろうに。しかもやり方がベタ過ぎて、雨妹としては微笑ましくすら思える。

「……なに、アンタ」

このように堂々とした態度の雨妹に一瞬怯《ひる》んだ梅だったが、しかしすぐに持ち直す。

「呪いを振りまいて宮女が減った隙に、自分を売り込んでちゃっかり気に入られようだなんて、なんて厚かましいんでしょう！」

大仰な言い方をする梅に、またもやお仲間が同調する。

「本当に、コレをこんな所に入れては駄目じゃない」

「みんな呪われるわよ」

食堂にいる他の宮女たちを扇動するように言うと、みんなコソコソと器を持って食堂を出ていく。

これは雨妹がどうのというより、梅たちが面倒なのだろう。

――面倒起こして御免。

雨妹は朝食の席を騒がせたことを申し訳なく思うが、騒いでいるのは梅たちだ。

それに彼女たちは普段この食堂で姿を見ないので、自分の部屋で食事をしているのだろう。それがわざわざやって来たのは、雨妹に嫌味を言うためか。

なんとも暇な連中だと呆《あき》れてしまう。

けどこのままだと梅たちは、嫌味を言うために延々と居座りそうなので、雨妹は少々反撃してやることにする。

「自分を売り込んだと言いますが、掃除をしている時の話です。梅さんは私の世話役なんですから、一緒に仕事していれば梅さんも一緒に気に入られたと思うのですがね」

人に仕事を押し付けて遊んでいるのが悪いと、言外に言ってやると、台所の中から小さく笑い声が聞こえてきた。

食堂から皆出て行っても、台所番は当然中にいるわけで。

笑われた梅が、顔を真っ赤にする。

「大体さぁ、呪いだなんだと騒ぎになったのは、阿妹の来るだいぶ前のことだろう？　梅は日にちを計算できないのかい？」

美娜の援護と嫌味の連続攻撃に、梅は鼻に皺《しわ》を寄せた。せっかく綺麗に化粧をしているのが、台無しな顔である。

「太子殿下にお目通りしたからっていい気になって！　見てなさい、私が太子殿下の妃嬪になれば、アンタなんて重労働に飛ばしてやるんだから！」

「ちょっと梅！」

「待ってよ！」

そう捨て台詞《ぜりふ》を吐いて速足に去っていく梅を、お仲間が慌てて追いかける。

食堂には雨妹と美娜の二人だけが残された。

——そうかあの人、太子を狙っていたのか。

だから太子に直接会えた雨妹の存在が、余計に悔しいのだろう。

「全く、しょうがない奴だよ」

ため息交じりに零《こぼ》す美娜に、雨妹は肩を竦《すく》める。

「ああいうのは構うと喜びますから、放っておきましょう」

付き合っても疲れるだけだし、係《かか》わらないのが一番である。この雨妹の発言に、美娜が面白そうな顔をする。

「阿妹って、歳のわりに達観しているね」

前世の記憶がある分、考え方がババ臭いのは自分でも認めるところだ。

だが気持ちは年頃の乙女のつもりなので、それでよしとしてもらいたい。

そんなこんなで梅相手に朝から疲れてしまったが、朝食が終われば仕事だ。

「今日もお掃除しちゃうぞぉ～♪」

雨妹が小声で歌いながら掃除道具を持って回廊を歩いていると、正面の方から宦官《かんがん》がこちらに来る。だがその宦官に見覚えがある。

――っていうかあの人、太子付きの人じゃない？

宦官というには疑問符が付く男であるが、雨妹よりもずっと偉い人には違いない。

雨妹は通行の邪魔をしないように端に寄り、頭を下げる。そして「早く通り過ぎろ」と心の中で唱えていたが、何故か宦官は雨妹の前で足を止めた。

「ここにいたか、宮女の宿舎まで行かずに済んだな」

後宮では聞き慣れない低い声は、非常に違和感を覚える。

というかこの宦官、もしや雨妹に用があってこちらに来たのか。

――太子の関係者って、今一番会いたくないいんだけど。

なにせ、自分のもう一つの秘密がバレている可能性が高いのだから。

雨妹のもう一つの秘密、それは青い瞳《ひとみ》の尼寺育ちだということだ。

辺境の尼寺で赤子の頃から育てられた雨妹だが、そもそも何故尼寺に赤子がいたかというと、後宮を追放された赤子連れの妃嬪が、放り込まれた場所だったからだ。

そしてこれが、雨妹の母である。

雨妹の母は宮女として後宮入りし、容姿は平凡だったが珍しい髪の色合いが皇帝の目に留まり、お手付きとなった。

やがて赤子を産んだが、元宮女でなんの縁故も持たない女だったため、子を生《な》したことで上の方々の嫉妬をまともに受けてしまった。

挙句の果てに、赤子の父は皇帝ではなく連れ込んだ男の種だと噂を立てられ、後宮を追放されてしまったらしい。

後宮を出された女は、尼寺に入り一生を終える。

雨妹の母は生まれた赤子もろともに尼寺入りしたが、人生に絶望したのかやがて自殺。残された赤子の雨妹は七歳までは尼寺で育ててもらったというわけだ。

幼い頃から雨妹は尼たちから、この青の瞳の意味を散々聞かされて育った。

『青の瞳は、皇族しか持ち得ないものなのですよ』

ことあるごとにそう言われ、だから皇族らしい振る舞いをなさいと叱られた。

辺境の貧乏尼寺で、皇族らしくしても誰の目に留まるわけでもないのに。

それにこの話が真実だという証拠の品もなく、雨妹としては信じていいものかと半分懐疑的でもあったりする。

だってそうだろう。青い瞳なんて、異国に行けばごまんといることくらい、雨妹は知っている。

実際、異国から流れて来た旅人に、青い瞳の者がいたのだから。

おそらくこの国の皇族の始祖は、そうした異国の人なのだろう。

それにたとえ本当に皇族だったとしても、辺境の尼寺で育った皇族なんて、ロクな身の上ではないに決まっている。

雨妹としてはそんなことはすっぱりと忘れて、一庶民としてこの世界の暮らしを満喫するつもりなのだ。

――そう、私はあくまで後宮ウォッチングをしに来たんだからね！

しかし、ここへ来ていいこともあった。

それは、自分の生まれた場所かもしれない屋敷を発見したことだ。

王美人が言っていたかつての住人とは、雨妹の母のことであろう。母は美人の位だったと、尼たちが言っていた。

それに王美人の口から過去形で語られるということは、今は後宮にいないということで。

美人の位の女は他にも大勢いるはずだが、雨妹と同じような色合いの女となると、まず間違いないだろう。

そんな事情があるものの、しかしこんな面倒に直面するのは勘弁だ。

「私になにが御用でしたか？　えー……」

雨妹は頭を上げて聞こうとして、途中で言葉が止まる。

そう言えば、この宦官の名前を知らない。

「俺は王立彬だ。立彬でいい」

呼び方に困っている雨妹に、相手はそう名乗った。

王という苗字《みようじ》は後宮でも多いので、区別するために名を呼べと言いたいのだろう。王美人もそうだし、雨妹が知っているだけで宮女に五人ほど王さんがいる。

「では立彬様、私になにか御用でしたか？」

雨妹は改めて尋ねる。

「昨日の糕《カオ》の贈り物を、江貴妃はたいそう喜んでおられ、その話を聞いた太子も嬉《うれ》しそうであった。太子が礼をしたいと申されたので、こうして伝えに来たのだ」

なんと、お礼の伝達のために来たらしい。

「太子にまで喜んでいただけたのならば、光栄です。糕《カオ》を作った宮女も嬉しいでしょう」

立彬に対して雨妹はそう告げる。

「……」

その後、立彬が無言になった。

話が終わったのなら、掃除に向かっていいだろうか。というか、もしやこの男はこれを言うためだけに雨妹を探したのではあるまいな。

——まあ、太子直々に来られるよりはいいか。

ただでさえ悪目立ちしている雨妹なので、これ以上騒ぎの種になりたくない。そしてこうして太子付きの宦官と二人でいるところを見られたら、またどんな噂が流れるかわからない。

「話がそれだけなら、失礼します」

雨妹が立ち去ろうとすると。

「お前は、いつもその格好でうろついているのか?」

立彬がそんなことを尋ねてきた。

「……そうですけど?」

雨妹の今の格好は、宮女のお仕着せにおなじみマスク布である。そう言えば外すのを忘れていた。てっきり、これを指摘されているのかと思ったのだが。

「その髪、纏《まと》めて布に仕舞っておけ」

立彬は雨妹の後ろで縛ってある髪を器用にくるくると纏めると、懐から出した手巾《ハンカチ》で頭を覆う。

「これでいいだろう」

立彬の手が離れたので髪を触ってみると、雨妹がするよりも綺麗《きれい》に纏まっている。

——器用な男だなぁ。

雨妹はどうなっているのか見てみたくて、そこいらの窓のガラスに映る姿をしげしげと眺めた。

立彬はその様子を後ろから眺める。

「後宮では目立つことが、かならずしも良い結果に繋《つな》がらない。お前のその髪は目立つ。できるだけ隠しておくことだ」

「……はあ」

「ではな、邪魔をした」

曖昧《あいまい》に頷《うなず》く雨妹に、立彬はヒラリと手を振って回廊を戻って行く。それを見送っていた雨妹は、改めて頭に巻かれた頭巾《ずきん》に触れる。

――っていうか、絹なんだけどこれ。

服よりも高価な頭巾とかおかしいだろうに。

木綿を出さないあたり、立彬はいい家の出身なのだろう。だとすると何故宦官になったのか。逞《たくま》しそうだったので、衛士の道もあったはずだが。

――いや、そこに触れては駄目だ。

雨妹は自分に言い聞かせ、謎解きしたくなる好奇心に蓋《ふた》をする。これは絶対にややこしい案件に違いないのだから。

とりあえず絹の手巾を持っていた掃除用の頭巾に代えて、目深に被った。

この絹の手巾は、なにかに使う時が来るかもしれないので、大事にとっておこうと思う。

立彬に指摘されて以来、雨妹は常に頭巾とマスク布を身に着けるようになった。例外は食事の際にマスク布を外すだけだ。

立彬は「髪が目立つ」と言っていたが、この怪しい格好も十分に目立つと思うのは、自分だけだろうか？　前世で言えば帽子を目深に被ってマスクで顔を隠しているようなもの。

これに眼鏡をかけたら、ものすごく怪しい人物に見えるのではなかろうか。

――でも、青い髪で目立つのはやっぱ危ないよねぇ。

立彬の懸念の通り、さすが母がこの髪で皇帝に見初められただけはあって、雨妹の髪は目立つ。掃除に行く先でも「あの青っぽい髪の宮女」と覚えられている節がある。

雨妹の母が後宮にいたのは十六年前。

宿舎にいるような年若い宮女は、雨妹の母のことなんて知らないだろうが、ある程度の歳の妃嬪や女官などは覚えているかもしれない。今のところそんな上位の妃嬪がいる場所には行っていないが、今後気を付けるに越したことはない。

それにしても、髪を隠せというのが、立彬個人の考えだとは思えない。第一、立彬にそれほど気を遣ってもらうような仲になった覚えはないのだ。

立彬を寄越《よこ》した太子は、一体どういうつもりで忠告させたのか。太子はひょっとして、母のことを知っているのだろうか？

――まあ、あまり変な期待は持たないようにしよう。

雨妹は自身の出自を示すようなものを、なにも持っていない。あくまで尼たちに聞かされた話が全てなのだ。

自分の家族という人たちがここにいるのか、知りたいような気もする。

けれどそれは至上目的ではない。雨妹は皇帝の娘と認められたくて、ここに来たわけではない。

そんな風に自身の出自を割り切っていた雨妹だったが、頭巾にマスク布という風体を怪しまれてもなんのその、普通に過ごしていた。

一方でインフルエンザの猛威は未だ衰えない。

インフルエンザに罹りたくない雨妹は、清掃・手洗いうがい・アルコール消毒を徹底して生活する。

おかげで人の出入りが多くてゴミゴミしていた大部屋が、小綺麗になったと評判である。

だがそんな大部屋の掃除はともかく。手洗いうがいやアルコール消毒が他の宮女の目には奇異に映ったらしく、目元しか露出のない怪しい格好と相まって、遠巻きにされていた。

それでも雨妹は気にせず過ごしていたのだが。

「小妹《シヤオメイ》、その格好はなんとかならないのかい？」

ある日の朝食時、とうとう楊に言われてしまった。

「駄目ですか？」

「駄目っていうかねぇ……」

苦情を言われても全く動じない雨妹に、楊が困った顔をする。

「大部屋に住む娘たちの一部から、一緒の部屋にいたくないと言われているんだよ」

——まあ、怪しいよね。

それは自分でも認めるところなので、遠巻きにされるのをどうこう言うつもりはない。

「風邪予防のための装備なので、風邪の季節が終われば外しますが」

少なくとも掃除以外ではマスク布の方は外すつもりなので、しばらくすれば怪しさが半減すると思うのだが。

「うーん、それがねぇ」

雨妹の話に、楊が唸《うな》る。どうやら苦情を申し立てている相手は、それまで待てないらしい。

けれど大部屋は下級宮女が放り込まれる場所で、寝に帰るだけの場所である。好きも嫌いも関係なく入れられ、私的空間なんてあってないようなもの。精々自主的に牀《しょう》の場所を離すくらいだ。

そこで「嫌いなので一緒の部屋にいたくない」だとか言われても、「だから？」という感想しか出ない。

「その人たちは、私にどうしろと？」

あの大部屋よりも下の部屋はないのだが。

首を傾《かし》げる雨妹に、楊がしかめっ面をする。

「自分たちを個室にいれるか、小妹を納屋に放り出せと言っているんだよ。大多数は小妹が掃除をしてくれるので、多少変なのは目を瞑《つぶ》ると言っているんだがねぇ」

楊の言い方で、雨妹はピンとくる。

――騒いでいるのは梅さんの一派か。

大部屋にも梗《キョウ》の都出身らしい娘が数人いるので、彼女らに言わせているのだろう。人員不足なので個室は余っているが、個室が与えられるのは上級宮女からだ。大部屋にいるような下級宮女が個室を貰《もら》うなんて、特別扱いができるはずがない。

さらに言えば、梅とつるんでいる宮女が勤勉な性格だとは思えない。楊の様子からして、騒いでいるのは上級に上がるにはほど遠い宮女たちなのだろう。

雨妹を納屋に入れれば気持ちがスッとする。それが無理なら自分たちが個室に入れればよし。

どちらに転んでも面白い展開というわけだ。

――ふぅん、悪いこと考えるなぁ。

それにしても、またしてもこんなベタないじめを仕掛けてくるとは。梅はどうやらベタ展開がお好きなようだ。

華流ドラマオタクな雨妹としてはちょっと気分が上がりこそすれ、大した心労にはなりそうにない。

残念ながら、梅一派にはあまり良い策士がいないと見た。

「連中の声が大きくて、他の宮女にも釣られる娘が出かねない。どうしたもんかと思ってねぇ」

雨妹の内心など知らない楊が、愚痴るように言う。

もし騒いでいる連中の意見を飲めば、他の真面目に働いている宮女たちが黙っていないだろう。それに騒げば個室が貰えるという前例を作れば、騒いだもの勝ちの流れができてしまう。

だが雨妹だって折れる気はない。これは「病気には予防が大事」という宣伝をしているつもりなのだから。

実は人目のない仕事中に、こっそりとマスク布をしている宮女も出始めているのだ。

本当は人がいる場所でこそマスク布は生きるのだが、呼吸器内の乾燥を防ぐという意味では役立つだろう。

雨妹が怪しい格好を止《や》める以外で事を収める手段は、大部屋を出るということだ。だがさすがに納屋は嫌だった。

しかし、丁度よさそうな場所に心当たりがあったりする。

「私は大部屋を出てもいいのですが」

「……本当に納屋に行く気かい？」

目を見開く楊に、雨妹は「違いますって」と首を横に振る。

「大部屋横の物置が余ってますよね？」

人が減れば荷物も減るので、現在は複数ある物置がどこもガラガラだ。中の荷物を他の物置に移せば、あの物置は空室になるはず。

それに物置と言っても、前世のビジネスホテルよりは広い。

「風通しの窓もありますし、掃除して牀を入れれば立派な部屋になるかな、と思いまして」

糾弾している娘たちの意見を飲むことになり、雨妹は個室を手に入れられ、一石二鳥ではなかろうか。

「小妹はそれでいいのかい？　物置だよ？」

この提案に驚く楊に、雨妹はにこりと笑みを向ける。

「物置は物を置いているから物置なのであって、そこで人が暮らせば部屋と言えませんかね？」

「……まあ、そうかもしれないがねぇ」

楊が困った顔をするが、結局物置案は採用された。

——やった、個室だ！

引っ越し準備をする姿を他の宮女が痛ましそうに見る中で、雨妹の心はルンルンだ。

そしてふと気付く。

そう言えば、楊だって雨妹の母を覚えていてもおかしくない人である。


雨妹の物置への引っ越しが採用された翌日を、楊が引っ越しのために休みをくれた。

なので早速、物置内の荷物を大移動だ。

一人朝から張り切っている雨妹だったが、数人の宮女がクスクス笑いながら、また数人の宮女が痛ましそうに見つめている。

——好きに言っていればいいよ。

こちとら、前世で伊達《だて》に女の比率の高い職場で勤めあげていない。美娜にも言ったが、ああいった手合いは相手にしないに限る。

それにこういう場合、馬鹿にする方も同情する方も、遠巻きに観察しているという点では大して変わらない。

馬鹿にする奴の心理は言わずもがなだが、同情する方だって、自分より可哀想《かわいそう》な者を見て安堵《あんど》している面もあるのだから。

本当の味方というのは、外面からはわからないものなのだ。

——それに非番ならともかく、野次馬していないでさっさと仕事しなさいよね。

まあ、外野は放っておくとして。

物置の中が空っぽになれば、次は掃除だ。

埃《ほこり》や蜘蛛《くも》の巣を取り除き、床も壁も雑巾《ぞうきん》がけをする。そうやって綺麗《きれい》になった部屋に、牀と布団を入れれば完成だ。

他にも部屋の床に敷くための敷物として、予《あらかじ》め物置から拾っておいた古いものを叩《たた》いて埃をとり、掃除している間に天日干しした。そして敷物の上にクッションのような座具を置けば、ぐっと部屋っぽくなる。

ちなみにこの座具は雨妹の手作りだ。

実は昨日、「物置が少しでも快適になるように」と言って、人目を忍んでこっそり広い綺麗な布を差し入れてくれた宮女がいたのだ。

彼女は大部屋で寝込んでいるところを、雨妹が水を差し入れてやった宮女である。

——いいことをすると、自分に巡って来るものよね。

これぞまさしく、情けは人のためならずだ。

雨妹は昨日のうちに榻から裁縫道具を借りて、その布を使って仕事終わりにチクチクと縫った。

適度な大きさに裁断した布を袋状にして、それにボロ布を細かく裂いて袋の中に詰めれば座具の出来上がりだ。

この布は余った部分を壁にかけて、室内の雰囲気を明るくするのにも役立っている。

ついでにこのあたりの地方は基本的に室内が土足なので、戸のすぐ前にも小さな敷物を敷き、そこを玄関と見立てて靴を脱ぐようにした。

元日本人としては、部屋の中では靴を脱ぎたいのである。

ともあれ雨妹は早速靴を脱いで敷物に寝転がり、座具を抱きしめる。このゴロゴロして寛《くつろ》ぐのがなんとも贅沢《ぜいたく》だ。

「うふふふ、個室だ個室！」

まさかこれほど早く個室を手に入れるとは、実に運がいい。

雨妹は前世でも、学校の合宿程度でしか大部屋での集団生活なんてしたことがなかったので、個人的な時間を持てない暮らしが地味にストレスだったのだ。

そうやって雨妹が幸せのため息を吐《つ》いていると。

「阿妹、終わったのかい？」

戸を叩く音と同時に美娜の声がした。どうやら雨妹の様子を見に来てくれたらしい。

「終わりましたよ、どうぞ入ってください」

雨妹がそう声をかけると、開いた戸の前にお盆を持った美娜がいた。そして見違えるような元物置を見て、目を丸くする。

「あんた、物置をずいぶんと改造したねぇ」

「あ、そこの敷物で靴を脱いでくださいね」

室内に入って来る美娜に雨妹がそう告げると、素直に靴を脱いで戸の前の敷物の上に置いた。

「阿妹、南の方の出だっけ？　南の方から来た宮女が、こんな風にしていたよ」

どうやら南の暖かい地方では屋内で靴を脱ぐらしい。

「違いますけど、こういうのに憧《あこが》れていたんです」

美娜の指摘に、雨妹はそう返すと笑って座具を抱きしめた。

ちなみに偉い人のお屋敷では外の汚れを屋敷に上げないために、靴を脱ぐ代わりに屋内で靴に覆いを被せるのだが、覆いの付け外しをちゃんとしなければ汚れる。

結局、靴を玄関で脱ぐのが一番なのだ。

「けれど、確かにこういうのはいいね。床が汚れないから好きに寛げる。私も今度やってみようかな」

そう話しながら雨妹の前に腰を下ろす美娜が、お盆に載っていた包みを差し出す。開けると饅《まん》頭《じゅう》が入っていた。

「ずっとドタバタやってて腹が減っただろう。まだ温かいから食べな」

「やった、いただきます!」

饅頭の甘さが、引っ越しで疲れた身体に染み入るようだ。美娜はお茶まで持ってきてくれており、有り難く頂く。

「……ふっふっふ、これで夜に堂々とおやつが食べられます」

雨妹がニヤリと笑みを浮かべると、美娜が苦笑する。

「阿妹が物置行きだって知って梅の奴が喜んでいたけど、この部屋を見れば逆に悔しがるだろうさ」

美娜の言葉に、雨妹は手巾《ハンカチ》を噛《か》んで悔しがる梅の姿を想像する。似合い過ぎる想像図に、雨妹は忍び笑いをした。

こうして元物置部屋に引っ越した明くる日。

雨妹は王美人から呼ばれて、屋敷の掃除をしていた。

「おっそおっじしっましょ～♪」

自分の生家かもしれない建物なので特別に思い入れがあるため、鼻歌を歌いながらも念入りに綺麗にする。

――ようし、こんなもんでしょう！

やがて掃除具合に満足した雨妹が、道具を片付けていると。

「おい、雨妹」

男の声に呼びかけられた。

「はい？」

声のした方を振り向けば、庭園に険しい表情の立彬がいた。

「立彬様、こんなところでどうしたんですか？」

太子宮から王美人の屋敷まで結構な距離があり、たまたま通りかかったと理由付けるには少々無理がある気がする。

となると自分になにか用事だろうかと思い問いかけると、立彬が無言でこちらへ寄って来る。

「お前、同僚にいじめを受けているというのは本当か？」

そしてこんなことを聞いた。

――えーと、いじめ？

雨妹は首を傾げる。

立彬が言わんとすることに心当たりはある。だがあれをいじめと言っていいものか。雨妹には痛手無しな上に、個室を得るという幸運まで付いてきたのだが。

「……違うのか？」

思っていたような様子ではないと感じたのか、立彬のぎゅっと寄っていた眉《まゆ》が若干解《ほぐ》れる。

「立彬様、どういう話を聞いたんですか？」

逆に尋ねる雨妹に、立彬が答えたことによると。

「雨妹を目の敵にしている先輩宮女がいて、難癖をつけて大部屋から物置に追い出したと」

だいぶ正確な話である。大部屋の宮女に太子の間者でもいるのだろうか。

「その通りです。私、物置に引っ越しました」

「は⁉」

話を肯定する雨妹に、立彬が目を丸くする。

「やっぱり個室って気兼ねしなくていいですね」

「待て待て。部屋とは物置だろう？」

しみじみと言う雨妹に、立彬がツッコミを入れる。やはりその点が気になるらしい。

「皆拘《こだわ》りますね、そこ。物を置いていない物置って、人が入ったら普通に部屋じゃありません？」

逆に言えば、人が生活するために作られた部屋でも、物を詰め込んでしまえば物置となる。

要は人がその場所についてどう意識しているかの問題だろう。

雨妹の解説に、しかし立彬は渋い顔をする。

「だが、狭いだろう?」

まあ確かに広くはないが、雨妹にはあのくらい気にならない狭さだ。

それに一日中あそこで過ごすならばともかく、寝る分には十分だし、ちょっと寛ぐ空間だって確保できる。

「大きなお屋敷に住み慣れている人には狭いでしょうが、私は狭くても一人部屋であることが大事です。個人的な時間が持ちやすいですから」

個室となったおかげで、少し夜更かしできるようになったのだ。むしろこれからの生活にワクワクしている。

「だが、物置だぞ?」

「それがなにか?」

こんな質疑応答を繰り返すことしばし、ようやく立彬は雨妹が引っ越しに満足していると納得してくれた。

「なにか、必要なものはあるか?」

そしてさらには立彬がこんなことまで聞いてくる。

「くれるんですか? だったら小さな棚が欲しいです。小物なんかを飾るのにちょうどいい大きさだともっといいです。物置を探っても、なかなかいい感じの棚と出会えなくて」

雨妹は遠慮せずに、今求めているものを告げる。

昨日美娜が訪れた後、数人の宮女が不必要になった端切れや小物などをこっそり貢いでくれた。せっかくの個室だから好みに飾りたいし、貰《もら》った端切れで色々作ってみようと思っているのだ。

「そんなことなら、見繕っておいてやろう」

――おお、やった！　なんでも言ってみるもんだね！

立彬の答えに、また部屋改造が一歩進むと雨妹がニンマリした時。

「雨妹、掃除が終わったらおやつがありますよ」

屋敷の中から、王美人が声をかけてきた。

「ありがとうございます、もう終わりました！」

返事をする雨妹の隣で、立彬が頭を下げる。

「あら？」

その姿を見て、王美人が首を傾げた。

「太子殿下のお付きの立彬殿ではありませんか。このような場所でどうかなさったのですか？」

やはり、立彬は普段このあたりをうろつくような人間ではないらしい。

王美人の疑問に、立彬がゆっくりと頭を上げる。

「少々、この者に話がありまして」

視線で雨妹を示す立彬に、王美人が目を瞬かせる。太子付きの宦官《かんがん》と掃除が仕事の下っ端宮女との繋《つな》がりがわからないのだろう。

「でしたらせっかくなので、一緒にお饅頭を食べていかれてはいかが？」

「ご厚意、ありがたく頂きます」

王美人の申し出に、立彬が一礼する。

――おやつのお饅頭、食べて行くんだ。

なんとなく、遠慮しそうに思ったのだが。

そんな気持ちが顔に表れていたのか、立彬にジロリと睨《にら》まれた。

「断る方が失礼だろうが」

「そんなもんですか？」

雨妹は純粋にお腹《なか》が空《す》いているのと美味《おい》しいのとで、貰っているのだが。

「まあ、仲が良さそうなお二人ね」

そんな風にひそひそ話をしている様子を、王美人が微笑ましく眺めている。

――まだ会話するのは三度目ですがね。

これは果たして、仲が良いと言える会話回数だろうか。雨妹が疑問を抱く。あちらも同じことを考えたのか、微妙な顔である。

「どうぞ、いまお茶も用意させますからね」

「「ありがとうございます」」

王美人の厚意に、二人揃《そろ》って礼を言った時。

「なにやら楽しそうだな」

またも庭園から声がしたのでそちらを向くと、四十代後半くらいの男が、供を連れて歩いてきていた。

——今日はよく人が来る日だなぁ。

雨妹がそんな風に思いながらぼんやりしていると。

「……！」

突然立彬に首根っこを掴《つか》まれ地面に引き倒されたかと思ったら、頭を押さえつけられる。

「なによ⁉」

突然の暴挙に抵抗しようとする雨妹を、立彬自身も膝《ひざ》をついて叩頭《こうとう》しつつ、なおも強い力で押さえにかかり。

「黙れ、皇帝陛下だ！」

そしてそう囁《ささや》いた。

——はい？

立彬曰《いわ》く、この庭園から現れた人物が皇帝陛下だという。ここ崔の国の頂点にいる人で、雨妹の父かもしれない男。

その顔を一目見ようと思うのだが、いかんせん立彬の押さえつける手の力が強い。

——痛い、もう少し顔を上げさせて！

ちらっとでいいから皇帝の顔を見ようとする雨妹と、その頭を押さえつける立彬の攻防が繰り広げられる中。

「まあ陛下、こんなお時間に珍しいですわね」

王美人がおっとりと皇帝に話しかける。

「少々、お前と茶を飲みたくなってな」

皇帝はお茶のために突撃訪問したらしい。

妃嬪としての位が低いために後宮の端にある王美人の屋敷だが、皇帝の寵愛度《ちょうあい》は想像以上に深いのかもしれない。

雨妹が立彬と静かな戦いをしながら、そんなことを考えていると。

「お前は、明賢の所の者ではないか」

皇帝がこちらにチラリと視線を向け、隣の立彬に声をかけた。

立彬は太子付きの宦官であるので、皇帝に顔を覚えられていてもおかしくはない。

皇帝に存在を気付かれた立彬が、少し顔を上げた。

「は、少々所用でこの宮女を探しておりまして、たまたまこちらに」

目的が王美人ではないことを明らかにするためであろう、立彬が告げる。

――太子付きの宦官が皇帝の妃嬪に近付くって、聞こえが良くないもんね。

そう思いながら、立彬の意識が皇帝に向かって手の力が緩んだ隙に、雨妹も少し顔を上げて皇帝を見る。

すると皇帝の方もちょうど雨妹を見たらしく、皇帝と雨妹の頭巾《ずきん》の下の青い目が、バチッと音がしたかのようにピタリと合う。

「……！　お主」

――やばっ、目が合ったよ！

皇帝が驚いた顔をすると同時に、雨妹は慌てて頭を下げた。

その瞬間、立彬の手の力が復活したため、おかげで額が地面にめり込みそうになる。

――埋まる、頭が埋まるから！

雨妹の「うおぉ」という低い呻《うめ》きが聞こえたのか、立彬が若干手の力を緩めたおかげで、額が地面から救出された。

そんな雨妹たちに、皇帝の視線が注がれていたのだが。

「陛下、温かいお茶を用意しますからこちらにどうぞ」

皇帝がこの場を去らないと雨妹たちが動けないと察したのだろう、王美人が屋内へ誘導する。

「……そうか」

ようやく皇帝は雨妹たちから視線を外し、王美人に連れられて行く。

残された二人はしばし頭を下げたままだったが、しばらくして雨妹は地面にへたり込んだ。

「うぉお、ビビったぁ」

後宮に皇帝が住んでいるとしても、実際にその姿を見ることができるのはほんの一握りでしかない。

下っ端宮女が国で一番偉い人に会うには、心の準備が必要ではなかろうか。

――いや、でも医局で太子殿下に会うよりは、まともな遭遇の仕方かも。

皇帝が己の妃嬪の元に通うのは、至って普通のことだろう。むしろ心の準備をしていなかった雨妹がうかつなのかもしれない。

それにしても、驚いたら余計にお腹が空いた。

「お饅頭《まんじゆう》、食べていいのかな？」

王美人が言っていたおやつの饅頭は、果たして貰えるのだろうか。

雨妹のこの心配に、立彬が呆《あき》れ顔《がお》をする。

「お前、皇帝陛下を拝見したのだぞ？　もっと他に言うべきことがあるだろう？」

皇帝とのほんの一瞬の初対面に、饅頭以外に言うべきこととはなんだろう。雨妹はしばし己に問いかけた。

そもそも雨妹は皇帝に特別な期待を抱いていない。

尼寺で聞かされた母の話が本当だとしても、皇帝にとっては数多《あまた》いる奥さんの一人でしかない。

そんな相手に肉親の情なんて求めてはいけないと、とうの昔に割り切っている。

なので今の関心ごとは、皇帝の訪れでおやつの行方がどうなったのかだ。

「いや、饅頭のこと以外は特にないかな」

そう結論付ける雨妹に、立彬が奇妙な生き物を見るかのような視線を向ける。

「お前は……」

なにか言いたそうだがそれをぐっと飲み込んだような立彬に、雨妹はヒラヒラと手を振る。

「会えて幸運くらいは思ってますって、明日はいいことがあるかなぁ」

お気楽な雨妹に、立彬が深くため息を吐いた。

結論を言えば、饅頭は王美人のお供の人がちゃんとくれたので、美味しくいただいた。立彬と二人で食べることとなり。

「美味しいね～」

「普通に饅頭の味だな」

ホクホク顔で齧《かじ》り付く雨妹に対して、立彬は無表情に口に入れる。

そして会話が続かない。

微妙に静かなおやつタイムであった。

それから時間が経《た》って夕食時、雨妹は食事を盛ってくれる美娜に告げる。

「聞いてくださいよ！　今日、陛下を見ちゃいました！」

「まあ、運がよかったね阿妹、きっといいことがあるよ」

お玉で湯菜《タンツァイ》を装《よそ》いながら美娜が返す。

雨妹同様、皇帝陛下の扱いがまるで幸運グッズのようだ。

だが皇帝という存在とは縁遠い宮女の認識なんて、こんなものである。

＊＊＊

立彬が太子宮へ戻ると、主《あるじ》の明賢は執務室で書類を見ていた。

政務のほとんどは官吏などが処理するとはいえ、最終的な決断が回されてくる。それを志偉と分け合って処理しているのだが、特に最近志偉のやる気が低下しているため、明賢に回される書類が増えている状況だ。

明賢が書類を読んでは判を押す作業を繰り返しているところに、立彬は開け放たれている扉を手の甲で叩《たた》き、帰還を知らせる。

「明賢様、ただ今戻りました」

「お帰り、待ってたよ。お前たちは席を外せ」

明賢が室内にいた官吏に告げると、彼らは無言で退室する。

そして全員見えない場所まで遠ざかったのを確認した立彬が、扉を閉めた途端。

「どうだった？」

そう問うてくる明賢に、立彬は向き直って答えた。

「はい、雨妹はやはり、先輩宮女の嫌がらせにあっているようでした」

そう、立彬は明賢に言われて、雨妹に関する噂を確かめに行ったのだ。

噂の内容は、「いつも怪しい格好をした宮女が、とうとう大部屋から物置へ追い出された」という内容だった。

そしてこの「怪しい格好の宮女」というのに、心当たりがあり過ぎた。なにせ、常に頭巾を着用することを勧めたのは、立彬であるのだから。

——しかし、布で顔を隠せとまでは言っていないぞ。

そう言えば今日も顔を隠していたな、と思い出す。

おかげで頭巾の奥に見える唯一露出されている箇所である青い瞳《ひとみ》が、少々不気味に思えるのだが。本人は果たして気付いているかどうか。

しかしこのような、言ってはなんだが後宮の末端に属する宮女の噂が、太子宮でも聞かれる始末。そして噂を積極的に流しているのが、江貴妃を助けようとしなかった宦官らと、雨妹に良い感情を持っていない先輩宮女だという。

その中でも看過できないことを聞いたので、立彬が直接確かめに行ったのだが。

「物置へ追い出されたというのも、真実でした」

立勇の話に、明賢は眉《まゆ》をひそめる。

「今はどこでも人手が足りない状況で、新人いびりをしている場合ではないだろうに」

「本当に、その先輩宮女とやらは阿呆《あほう》ではないでしょうか」

明賢の意見に、立彬も同意する。

そんなことをしていては、よほどの伝手《つて》がない限りは出世に影響するのは明白。そしてその先輩宮女は、そのよほどの伝手を持ち得る家の女ではない。

さらには後宮に住まう本物の悪女というものは、自身はなにもせずに望みを叶《かな》えるもの。今回は噂で名前が出る時点でやり方が拙い。その女はどれだけ考え無しなのか。

——太子宮にもいるな、梗の都出身というだけで、有利な立場にいると勘違いをしている女が。下級宮女であれば、実家からの仕送り具合で多少は上に立つことができるかもしれない。

だが女官となれば話は別で、厳正な基準で選ばれる。宮女としての生活態度や仕事の評価を鑑みて選定され、それに容姿の華やかさはあまり反映されない。

それよりも健康であることが重要視される。

何故なら後宮にいる女は全て、皇帝の子を産むかもしれない者たちだからだ。元気な子を産めるかどうかが、最も大事な選定条件なのだ。

ただし一部、妃嬪として送り付けられた女に、最初から付いてきた女官などは話が別である。彼女たちはその妃嬪に万が一の事態が起こった時、代わりの妃嬪としての役割を負っている者。なので妃嬪の側近の女ほど、気を付ける必要があったりする。

江貴妃が病で苦しんだのも、このことが原因であった。

そんな後宮の女の事情はともかくとして、今は雨妹のことだ。

「それで、雨妹はどうしている？　大部屋から物置へ追い出すなんて、宮女の監督役の楊は、そんな理不尽を許す人物ではないと思っていたのだけれど」

明賢の問いかけに、しかし立彬は微妙な顔をした。

「個室ができたと、物置への引っ越しをとても喜んでいました」

これを聞いて、明賢は一瞬あっけにとられた顔をする。

立彬とて気持ちはわかる。雨妹と話していて、そこは理不尽な状況に怒るなり、涙ながらに訴えるなりする場面だろうにと言いたくなったのだから。

実際、明賢は口利きをしようと思って立彬を向かわせたのだ。雨妹ならば女官になれると思って。

「……変わった娘だね？」

「私もそう思います」

明賢がようやく絞り出した感想に、立彬も頷《うなず》く。

「不足はないかを聞きながら、少しずつ話を詰めようとしたのですが、王美人が現れたので話が中断しまして」

雨妹は王美人の屋敷の掃除をしており、仕事終わりにおやつとして饅頭を勧められていた。下級宮女にわざわざおやつを用意するとは、王美人は雨妹を気に入っているようだ。

「一緒にいた私まで勧めていただいたのですが、そんなことをしていると、皇帝陛下と遭遇しました」

「……道理で急に決裁の書類が増えたと思った」

志偉が政務を抜け出し、お気に入りの女の元に行ったことに、明賢がため息を漏らすものの、すぐに気を取り直す。

「どうだった？」

皇帝を前にして雨妹がどんな反応をしたのかと、机から身を乗り出す明賢に、立彬は重々しい口調で告げる。

「陛下よりも饅頭の方が大事らしいです」

志偉との遭遇に多少は驚いたらしいが、特別な反応は見せなかった。

むしろ志偉がやって来たことで、おやつの饅頭の行方を気にしていたくらいだ。

志偉は労働後のおやつよりも優先順位が低いということで。

「……変わった娘だね？」

明賢が同じ台詞を言うと、立彬もまた頷くのだった。

第四章　美肌にかける女たち

一方、太子とその側近にそんな話をされているとも知らない雨妹《ユイメイ》はというと。

「ふんふ～ん♪　キレイキレイになりましょう～♪」

今日も後宮の片隅にて、頭巾《ずきん》にマスク布の完全装備で掃除《そうじ》に励んでいた。

「どの建物も、やっぱり見ごたえあるなぁ」

そして雨妹は掃除する手を休めずに、けれどしっかり周囲の建造物を観察する。

そもそも雨妹が掃除係に立候補したのは、後宮ウォッチングのため。その対象がたとえ後宮の隅っこの回廊でも、ちょっとした装飾などがあって美しいのだ。

それはそうだろう、まがりなりにも皇帝のお膝元《ひざもと》なのだから。建造に係《かか》わった大工や細工師などは、国でも最高峰の人員であるはず。そこいらの民家を建てるのとはわけが違うというものだ。

そしてそんな後宮に住まうこの国で最も尊い人——すなわち皇帝に、雨妹は先だって会ったわけで。

しかも自身の父かもしれない存在だったというのに。

雨妹は現在、普段と変わらずである。

——我ながら、心を動かされな過ぎてビックリだわ。

雨妹だって、実際皇帝を目の前にすれば、前世で見たドラマのように「あれが私のお父さん……！」的な感動がどっと溢《あふ》れ出るかもしれない、と思っていたのだ。

だが、実際目にしてみれば、「あ、ふーん、そう皇帝なの」くらいの感情しか搾り出てこなかった。

――今世の実の両親っていうのに、実感が持てないんだろうなぁ。

なにせ両親の温《ぬく》もりすら覚えていないのだから。

母は物心ついた時には亡くなっていた人なので、情を抱きようがない。ただ、後宮に生きる女の宿命で亡くなった。雨妹にとってはそれだけの情報だ。

父も同様で、会ったこともない雲の上の人に、どんな思いを抱けというのか。

薄情なようだが、人間なんてこんなものである。記憶に登場しない両親よりも、今おやつをくれる美娜《メイナ》の方がよほど大事だ。

こんな風に雨妹が己の内面を振り返りつつ、建物を見て目の保養をしながら、問題なく掃除を終えて帰ろうとしていると。

「……っく、ひっく」

掃除をしたばかりの回廊に、誰かが泣きながらやってきた気配がした。

「うん？」

気になってそちらを見れば、小柄な宮女の姿がある。ただし雨妹たちが着ている宮女のお仕着せとは違って、ちょっといい布地のものを纏《まと》った、お団子頭の可愛《かわい》い娘だ。

――ってあれ、江《ジャン》貴妃のところの宮女さんじゃない？

医局で顔を合わせた、あの小動物系宮女に間違いない。

それがどういう理由か泣いている。小動物系宮女が泣いている姿というのは、どうにも弱い者いじめの現場を見たかのような哀れみを誘われてしまい、なんとも見過ごせないものがある。

――でもどうしよう、どうすればいい⁉

果たしてここは、心ゆくまで泣かせてやるためにそっと立ち去るべきか。それとも「どうして泣いているの？」と話を聞いてやるべきか。悩むところであった。

しかしこんな雨妹の悩みも、すぐに解決することになる。

「……あ」

先方の小動物系宮女が、雨妹の存在に気付いたからだ。

これでそっと立ち去るという選択肢が消えた。

「どうも、こんにちは」

というわけで、雨妹はとりあえず挨拶《あいさつ》してみる。

「雨妹さん。こんにちは」

すると彼女は涙で濡《ぬ》れた目ながらも、挨拶を返してくれた。

「どこかへお遣いにでも？」

雨妹がまず世間話の体で話を振ると。

「……ええ、その帰りです」

そう答えた彼女はずぅんと暗くなった。

――なんで⁉

というか、思えばこの宮女の名前を自分は知らない。

「そう言えば聞いていなかったけど、あなたのお名前は？」

「あたし、鈴鈴《リンリン》っていいます。……もの知らずな田舎者です」

雨妹が尋ねると名前を教えてくれたが、余計な一言がくっついている。

そして再び落ち込んでしまった。

なんだろう、以前会った時はこんな自分を卑下するような娘に見えなかったのに。「これは誰かになにかを言われたな」と雨妹は推測する。

偏見かもしれないが、こういう台詞《せりふ》は大抵、都生まれの人が言いそうだ。そして都生まれでとっさに脳裏に浮かぶのは、あの梅や取り巻きの顔である。

――うん、あの人たちと小動物系って、合わなそう。

まさに、混ぜてはいけない両極であろう。

それにああいった人種に馬鹿にされる謂《いわ》れなんて、こちら側にはこれっぽっちもないというのに。

第一、都会者だからって田舎者よりなにに優れているというのか。

後宮に来る年齢というのは誰しも同じくらいの年齢で、たいてい十代半ばくらい。その程度の年齢の娘が持てる有利不利なんて、たかがしれているというもの。

高官の娘ならばともかくとして、宮女として入った娘の美しさや教養なんて、後宮での生活における努力次第でいくらでも逆転できるのだから。

――少なくとも、親の仕送りに頼り切りで全く働かない梅さんより、この娘の方がずっと出世の機会に恵まれているってもんよね。

そう考えると、今ここで泣いているこの小動物系宮女を、なんとか励まして卑下する気持ちを吹き飛ばしてやりたい。

都会者・田舎者っていうのは無意味なんだと言ってやりたい。

「ああ、安心して。それを言うならたぶん私が、この後宮で一番田舎者だから。なにせ辺境の里から来たからね」

雨妹がそう言ってからりと笑ってみせると、微《かす》かに顔を上げた鈴鈴はきょとんとした表情をしてから。

「……それは確かに、遠いですね」

そう呟《つぶや》き、少しだけ笑った。

――やっぱり小動物系宮女は笑っていてくれないとね。

泣き顔と落ち込み回避に成功した雨妹に、鈴鈴が尋ねてきた。

「雨妹さんは、ここでなにを？」

「私？　掃除だよ。だって掃除が仕事だもの」

当たり前の事実を述べると、鈴鈴は驚愕《きょうがく》の顔をする。

「……じゃあ本当に、医局勤めじゃあないんですか⁉」

まさに「衝撃の事実！」と顔に書いてあるかのような態度である。初めて会った場所が医局だっただけに、掃除係だという真実が意外らしい。

「その件では騙《だま》したみたいになっちゃって、悪かったわ」

雨妹は今更ながら謝る。

なにしろ太子も立彬《リビン》も雨妹が医局勤めだと思ったからこそ、言うことを聞いてくれた面があるのだから。

しかし、これに鈴鈴がフルフルと首を横に振る。

「いいえ、雨妹さんは悪くなんかありません。玉秀《ユウシオウ》様をお助けするなんて、医局勤めの女官よりも立派だって、太子殿下が仰《おっしゃ》っていましたもの」

そう話す鈴鈴は、こちらに眩《まぶ》しいものを見るかのような目を向ける。

「あたし、雨妹さんは都の偉い人の娘さんだとばかり思っていたんです。だって博識だし、行動力があるし」

どうやら鈴鈴は、雨妹に対する目に鱗《うろこ》が何枚もくっついているようだ。

雨妹のどのあたりが、都育ちっぽいというのか。言葉遣いは気を付けているものの、方言がきついのはどうしようもない。それにあか抜けない見た目なんて、まるっきり田舎者だというのに。

――ついこの間まで山賊みたいな格好だった超田舎者な私を、舐《な》めないでもらいたいよね。

「あのね、田舎者自慢ならいくらでもあるんだから。甘味なんて花の蜜《みつ》を吸うのがせいぜいだったし、木綿の服なんて後宮に来てから初めて触ったし。あの時はたまたま聞いたことを、なんとなく覚えていただけだって」

医術知識においては、前世で学んだことをたまたま覚えていたという意味としては、嘘《うそ》ではない。

今世の雨妹がどこかの医者に師事したなんて事実は、どう調べてもどこにもないのだから。

「なんなら楊《ヤン》おばさんに聞いてみたらわかるよ。正真正銘、私が辺境から来たって。同じ荷車で来た仲間もいたしね」

「雨妹さんってば、そんな念入りに言わなくったって」

こんな風に念入りに田舎者だと主張する雨妹がおかしかったのか、鈴鈴がふふっと笑う。

——まあ確かに、お年頃の女の子なら、田舎者だなんて隠そうとするのかも。

でも雨妹は、間違っても梅の同類とは思われたくないのだ。おそらく、後宮に来て最初に出会った都育ちが梅だったことで、多分に偏見を含んでいるのだろうが。

どこかでまともな都育ちの宮女と出会えたら、認識を改めなくもない。

「なるほど、じゃあ田舎者仲間ですね」

そう言って微笑《ほほえ》む鈴鈴の目から、一枚でも鱗が取れたのならばいいのだが。

こうして、場が和んだところで。

「で、なんで泣いていたのか聞いていい？」

雨妹がズバリと切り込むと、せっかく気分が浮上していたらしい鈴鈴は、再びシュンと項垂《うなだ》れた。

「……あたし、絹の服のお手入れを手伝っていたら、布地に傷をつけてしまったんです」

そう話した鈴鈴は、己の両手を雨妹に広げて見せた。

——ありゃりゃ……。

その手を見た雨妹は、思わず眉《まゆ》をひそめる。

ぱっと見にも痛ましいほどにあかぎれが出来ていて、肌がささくれ立っていた。きっと水仕事なんかは染みて辛《つら》いことだろう。

「手荒れが酷《ひど》いねぇ。もしかして鈴鈴って、あんまり肌が強くない？」

雨妹がその手をとって触れてみたところ、明らかにここ数日でできたものではない感じである。先日会った際は、そこまで見ていなかったので気付かなかったが。

鈴鈴は自分の手を、悲しそうに見つめた。

「……わかりませんけど、昔からこの季節はこうなるんです。それであたし、絹なんて触ったのは初めてで。木綿と同じように扱っていると、裂けてしまって……。今、それを直しに出してきた帰りです」

「ああ、絹って案外簡単に破れるもんねぇ」

雨妹は鈴鈴に同情する。自分も前世で覚えがあるが、あの薄く滑らかな生地は、手のほんのちょっとしたささくれでも糸をひっかけてしまうのだ。

雨妹は幸いなことに肌が強いのか、あまり肌荒れをしない質《たち》である。しかし鈴鈴のように肌が弱い人は、この季節は辛いだろう。

「他の上級宮女や女官のみなさんは、皆手が綺麗《きれい》で。比べてあたしはこんなだし。駄目ですねぇ……」

鈴鈴はそう話すと、重いため息を吐《つ》く。

上級宮女や女官たちの手が綺麗なのは、下っ端に比べて水仕事の頻度が減るせいでもあると思うのだが。逆に言えば、鈴鈴の手はそれだけ働いた証《あかし》だろう。

誇っていいことだと思う一方で、やはりお年頃の娘としては、綺麗な手肌に憧《あこが》れるのもわかる。

「肌のお手入れなんかは、どうしているの？」

雨妹の質問に、鈴鈴はさらに暗い顔になった。

「あたしはまだ玉秀様付きになったばかりで、お給金もまだなんです。それなのに高価な化粧品なんてとてもじゃないけど……」

「うーん、化粧品かぁ」

手荒れ・肌荒れの悩みで化粧品に頼るというのは、間違った考えではない。

しかし、雨妹としては後宮で流通している化粧品に、なにも知らない娘が安易に手を出すのは、あまりお勧めできない。

後宮では化粧品が露店商人によって売られている。そこそこ安価な化粧品もあるようなので、宮女や女官はこぞって化粧品を買っていた。

けれど雨妹からすると、それらにはなにが混ぜられているかわかったものではない。後宮には美肌に命を懸ける女たちが集まっているので、怪しげな化粧品が蔓延《まんえん》しているのである。

——本気で鉛とか入ってそうだし。

実際、化粧品で失敗したという話は聞こえてくる。この国では絵の具と化粧品は同じ取り扱いで、どこに描くかの違いしかないようなのだ。

使用者としては、なんとも恐ろしい限りである。

そして商人は、無知な田舎者ほどカモにするのだ。

そう、鈴鈴のような。

「あのね鈴鈴、高価な化粧品だからって、よく効くとは限らないからね？」

「……そうなんですか？」

不安に思った雨妹の助言に、鈴鈴が本気で驚いた顔をした。

――これはいかん！　この娘ってば絵の具化粧品の餌食になりそう！

それに高価な化粧品というものは、手を付け出したらキリがないのだ。これでこんなに効くなら、もっと高価なものはもっと良いはずだと、どんどんお金をかけてしまう。そして泥沼に嵌《はま》るのだ。

純粋な小動物系宮女を、そんな沼に落としてはいけない。

それに雨妹だって、今はまだ若さで潤いを保てているが、この若さに胡坐《あぐら》をかいていては酷いことになると、前世で学んでいる。今後を考えたらやはり必要なものだ。

――ようし、せっかく個室が手に入ったんだし、ここは一肌脱ごうじゃないのさ！

「鈴鈴、それならこの雨妹さんにまかせなさい！　その手荒れをなんとかよくしてあげるから！」

身体《からだ》を反らせてドーンと手で胸を叩《たた》く雨妹に、しかし鈴鈴が突然慌て出す。

「え、いや、『化粧品を買って欲しい』って聞こえたなら、違いますからね⁉　確かに化粧品は欲しいですけど、次のお給金で買えるんですし！」

どうやら鈴鈴には誤解があるようだ。第一、雨妹には化粧品を買ってあげるような経済力はない。

単なる掃除係の宮女と江貴妃のお付きの宮女だと、明らかに後者の方が給金が良いのだ。むしろ奢《おご》ってもらう立場であるのはこちらの方だろう。

「違う違う、化粧品を買ったりしないって」

「ならいいですけど」

ヒラヒラと手を振ってみせる雨妹に、鈴鈴がホッとする。しかし、安堵《あんど》するのは早すぎるというもの。

――化粧品って、買うだけが入手方法ではないんだよね。

「ズバリ、作るのよ！」

「……はい？」

雨妹の宣言に、鈴鈴が「この人なにを言っているの？」という顔をしていた。

しかしこちらは、大真面目なのである。


というわけで、その翌日。

「こんにちはー」

掃除を早めに切り上げた雨妹がやって来たのは、医局であった。

「おぅ、なんだ雨妹か」

中を覗《のぞ》くと陳《チエン》がいた。彼がいる日を見計らったのだから、当然だが。

「どうした、薬が欲しいのか？」

医局に用事がある場合の真っ当な理由を挙げる陳だが、生憎《あいにく》と雨妹が欲しいのは薬ではない。

「陳先生、蜜蝋《みつろう》を分けてください」

突然の雨妹のお願いに、陳はなにかの草をすり潰《つぶ》していた手を止めてこちらを見る。

「どうした急に、蝋燭《ろうそく》でも作るのか？」

「いえ、蝋燭じゃないんですけど、ちょっと作りたいものがありまして。あ、これはお土産の揚げ饅頭《まんじゅう》です、どうぞ」

蜜蝋を貰《もら》うための賄賂《わいろ》ともいうべき差し入れを、すかさず陳へ差し出す。もちろん、美娜に頼んで作ってもらったおやつである。

「おぉ、ありがたい。ちょいと休憩にするか」

「じゃあ私、お茶を淹《い》れてきます」

というわけで、陳とお茶をすることとなった。もちろん、おやつの揚げ饅頭は雨妹の分もちゃんとあるのだ。

ちなみに揚げ饅頭には雨妹のお願いで、味付けとしてきな粉をまぶしてもらった。これで雨妹にとって前世に食べた懐かしの揚げパンに近い味となり、感無量である。

——給食でコレが出たら、皆で取り合いになったなぁ。

そんな風に前世を思い出しつつ、揚げ饅頭にかぶりついていると。

「そういやお前、大部屋追い出されたって本当か？」

陳にいきなり話を振られ、雨妹は目を丸くする。

「……先生、耳が早いですね」

医局にまで自分の噂《うわさ》が流れているとは、自分もとんだ有名人だ。

「はい、大部屋から個室へ移動しました」

ケロリとそう告げる雨妹に、陳が首を捻《ひね》る。

「個室？　物置じゃなかったか？」

「それがですね……」

雨妹はこれで何度目かの引っ越しの顛末《てんまつ》を話すと。

「お前はなんつーか、相手からするといじめ甲斐《がい》がないだろうなぁ」

それを聞いて呆《あき》れ顔《がお》をする陳に、雨妹は揚げ饅頭を飲み込みながら返す。

「相手の望む反応をしてやる義理はありませんから」

普通にしていれば個室を貰える機会などずっと先だったはずなので、これぞまさしく棚ぼたであろう。

こんな話をしながら、揚げ饅頭を食べ終えたところで。

「で、蜜蝋だったたな」

うっかりおやつの美味《おい》しさで本来の目的を忘れそうになっていた雨妹に、陳が思い出させてくれた。

「分けてやるのは構わんが、危ないことに使うなよ？」

棚から蜜蝋の入った包みを取り出しながらそう話す陳に、雨妹は「もちろんです」と頷《うなず》く。

「私はこれで、作りたいものがあるだけですから」

「ほう、作りたいものねぇ。ほらよ、この程度でいいか？」

陳が雨妹に相槌《あいづち》を打ちながら、蜜蝋の包みを手渡してきた。中身はまさに、前世で見慣れた蜜蝋である。

「はい、ありがとうございます！」

「ちなみに、なにを作るんだ？」

礼を述べる雨妹に、陳が尋ねた。

「ちょっと、化粧品を」

この答えに、陳が怪訝《けげん》な顔をする。

「……化粧品に、蜜蝋？」

首を傾《かし》げるその様子を見て、雨妹はにんまりと笑うのだった。


こうして材料が手に入ったところで、早速化粧品作り開始だ。

実のところ雨妹は辺境で化粧品を既に自作していた。

前世で看護師なんてやっていると肌荒れとの闘いだったため、色々な肌ケアを試し、手作りだってやってみたので覚えているのだ。

けれどここでは前世のような防腐剤なんて便利なものがなく、基本短期使い切りなため、こまめに作る必要がある。そして後宮に来てからは忙しいのと個人空間がないのとで、作れていなかったのだ。

なにせ宮女の大部屋なんて、貴重品を置いておけばすぐに誰かに盗《と》られてしまう、防犯なんてあったものではない環境である。

そんな場所にたとえ自作でも、化粧品なんて保管できるはずもない。なので化粧品に凝るのは、たいてい大部屋を出た宮女だった。

――おかげで肌がパッサパサなのよね。

けれど雨妹は今、個人空間を手に入れた。この部屋の中だと色々できるのだ。それに簡素だが鍵《かぎ》付き。これで防犯も、大部屋よりはちょっとはマシになったというもの。

「というわけで鈴鈴のためにも、今から化粧品を作ろう！」

雨妹は気合を入れるため、部屋の中で一人こぶしを突き上げた。

作りたいのは化粧水、乳液、ハンドクリーム――手肌用の軟膏《なんこう》という一式である。

「まずは作り方が簡単な、化粧水と乳液からだよね」

雨妹はそう独り言を言いつつ、材料を前に並べる。

化粧水の作り方はいたって簡単、水と砂糖を混ぜるだけだ。

前世でよく化粧水に使われていた成分は、グリセリンだ。あれは要するに椰子《やし》の実の油脂を分解して精製した、甘水という甘味料の一種でもあるものから作られているため、砂糖で十分代用可能だったりする。

辺境にいた頃は砂糖なんて手に入らず、代わりに自力で採った蜂蜜《はちみつ》で作っていたものだが、都では逆に蜂蜜が高価なため、今回は普通に砂糖で作る。

これに酒精を混ぜればさっぱり感が出るが、酒精が肌に合わない場合もあるので、今回は使わない。それに生薬を使うのもいいが、それは後々自分用に研究していけばいいだろう。

「精製水は事前に用意してあるのよね」

雨妹は呟《つぶや》きながら、事前に準備した精製水の入った瓶を目の前に置く。

精製水の作り方は面倒だが単純で、井戸水をろ過して混ざりものを取り除き、煮沸消毒して冷ますだけ。お茶を飲む際、ついでに作っておいた。

この精製水に砂糖をほんの少量加えて溶かし、用意した器に入れれば、化粧水の出来上がりだ。

――うん、超簡単！

これは災害などで、化粧品の類を持ち出せなかった際に使える技でもあった。精製水が面倒なら、別に普通の水でもいいのである。

そしてもし贅沢《ぜいたく》したければ、これに気に入りの香油をちょっとだけ垂らせばいい。ただしその香油で炎症を起こさないか、事前に試しておくことは必要だが。

雨妹は鈴鈴から事前に好みを聞いておいた柑橘《かんきつ》系の香油を、ほんのちょっとだけ垂らしてみた。

「ようし、いい出来！」

雨妹は自分の仕事に満足げに頷く。

ちなみに化粧水を入れる容器は、医局で不要になった硝子《ガラス》の小瓶をいくつか貰ってきている。薬の材料が入っていたそうだが、どうせ溶かして再利用する物なので、どう使ってもいいとのことだった。

ともかく、こうして化粧水ができれば、続いて乳液作りだ。

こちらはもっと簡単で、作った化粧水に食用油を加え、ひたすら混ぜればいい。獣脂は臭いので、雨妹は植物油を台所から貰って来ていた。これもまた、用意した小瓶に入れておく。

「では早速」

出来立てホヤホヤの化粧水と乳液を、雨妹は掌《てのひら》にとって肌につける。まるでカラカラに干からびた大地に雨が降ったかのように、肌が潤っていくのがわかる。

――ふわぁ、肌が生き返るぅ……。

空気の乾燥は、実のところ真冬よりも気温が上がり始めの春先の方が酷かったりする。おかげで顔も手も乾きすぎて若干ヒリヒリしていたのが、ようやく緩和される。

こうして化粧水と乳液の出来に満足していた雨妹だが、これで終わりではない。

「最後に、これが一番大事な軟膏！」

肌荒れしやすい鈴鈴は、こまめに手入れしないとすぐにあかぎれになる。なのでやはり軟膏は必要だ。

しかし、これを作るには火が必要だったりする。

これが辺境なら、適当にそこいらで枯れ枝を集めて火を焚《た》くのだが。後宮内でそんなことをしたら、火事を起こそうとしたと言われて捕まってしまう。

一応、宮女たちがお茶を飲むのに使うお湯を沸かすための竈《かまど》が、台所脇にいくつか設置されているので、そこで作ろうかと思って移動する。

——台所に美娜さんはいるかな？

今はちょうど朝食と夕食の間の暇な時間帯のはずだが、台所には部外者に異物混入などをされないための見張りとして、必ず台所番が一人残っている。もし美娜がいたら化粧品の使用感などの意見を貰おうと、化粧水と乳液の入った小瓶も持っていくことにする。

こうして竈へ向かうと、台所には美娜が一人だった。どうやら彼女が見張り役らしい。

竈でなにかを作っているが、美娜はいつも暇なこの時間を利用して、おやつを作っているのだ。

この美味しそうな匂いは麻花《マーホア》だろう。

——これはいい時に来たかも。

雨妹は思わず頬を緩ませるが、すぐに今回の目的を思い出す。自分はつまみ食いをしに来たわけではないのだ。

「美娜さーん」

雨妹が外から声をかけると、美娜が振り返った。

「おや阿妹《アメイ》、腹でも空《す》いたのかい？」

こちらを見るなりそう言ってくる美娜は、雨妹のことを食いしん坊だと思っているらしい。まあ、だいたい合っているのだが。

でも、今回はハラへリでやって来たのではない。

「いいえ、外の竈を使いに来ただけです。ちょっと作りたいものがありまして」

そう言って雨妹は持って来た鍋《なべ》を二つ見せる。このためのボロ鍋を、ちゃんと事前にガラクタ置き場から拾っていたのだ。

「なにを作るのか知らないけど、出来たらアタシにもちょっと頂戴《ちょうだい》な」

「もちろん、お裾《すそ》分《わ》けさせていただきます！」

笑ってそう言う美娜に、雨妹は勢い込んで頷く。あちらはどうやら雨妹が料理を作ると思ったようだが、そこは曖昧《あいまい》に笑っておく。

こうして竈の前に陣取ったところで、軟膏作りだ。

材料はこれこそ単純で、食用油と蜜蝋《みつろう》である。これらを一緒に鍋に入れて湯煎《ゆせん》にかけるのだが、早速鍋に水を張って湯を沸かし、その湯に浮かべた鍋に油と蜜蝋を投入する。

「なんだか妙なことをしているねぇ、なにを作るんだい？」

「ふっふっふ、出来上がってからのお楽しみです」

雨妹の作業が気になるらしい美娜が窓からのぞき見しているが、雨妹はここで答えを言わない。グルグルかき混ぜて蜜蝋が溶けたら、鍋を竈から降ろして粗熱を取り、容器に移して冷め固まれば、立派な軟膏の出来上がりだ。これにも、冷める前に香りつけの香油を垂らしておいた。

一応手肌用という名目だが、手だけに限らず全身に使える優れものだ。これでこの時期の乾燥も怖くない。

あともう一つ、一工夫したものを作れば、完成だ。

「いよっし、完璧《かんぺき》！」

雨妹は自分の仕事に満足げに頷いた。

軟膏を入れる容器だが、こちらは引っ越しの際の差し入れの中に混じっていたものを使わせてもらった。

差し入れてくれた人にとっては、大きさが中途半端で使い道に困る代物だったのだろうが、軟膏入れとしてはピッタリな代物であった。

こうして雨妹が小さな容器を複数個目の前に並べて、固まるのを待っていると。

「また、妙なのを作ったねぇ。ほら、せっかくだからこっちで麻花をお食べよ」

美娜からそう声をかけられた。おやつに誘われたとあっては、断るのが失礼というもの。

「やった、いただきます！」

雨妹は軟膏を入れた容器全部を持っていそいそと食堂の卓へと移動し、卓に着くなり早速揚げたて麻花を一つ口に入れる。

「やっぱり美味しいです、美娜さん！」

「こういうのは、揚げたてに限るよねぇ」

二人で麻花を囲み、しばしポリポリサクサクと食べていたのだが。

「で、なんだいこれは？」

麻花にひとまず満足したところで、改めて美娜が聞いてきた。

「あのですね、手なんかを保護するための化粧品の軟膏です。まだそう時間が経《た》っていないのでドロドロしているんですが、冷めれば程よく固まるはずですから」

雨妹はそう説明しながら、先程作った軟膏を入れた器の蓋《ふた》を開けて、美娜に見せる。

「はぁー、アンタってば化粧品なんて作れたのかい」

美娜が感心のため息を漏らし、軟膏の入った器を手に取り、しげしげと眺める。

「妙に拘《こだわ》らなかったら、材料なんて案外単純なんです。実は、他にもありまして」

雨妹は持ってきていた、化粧水と乳液の入った小瓶も卓の上に置く。

「これが化粧水、こっちが乳液というものです。ちなみに怪しいものは入っていません。水と砂糖と食用油のみで作りました」

「なるほど、砂糖と油が欲しいって言ってたのは、これのためかい」

「そういうことです」

砂糖と油は美娜に融通してもらったので、材料にも納得された。

「それでですね、美娜さんにもぜひ使用感とかを試してもらえたらと思いまして。これ一揃《ひとそろ》い、差し上げます」

「そりゃありがたく使わせてもらうけどさ。でも、なんで急に化粧品を作ったんだい？」

雨妹が差し出す化粧品を素直に受け取る美娜の、当然と言えば当然な疑問に、雨妹は「実は……」と鈴鈴との出来事を話した。

大まかな話を聞いた美娜は「なるほどねぇ」と呟き、鈴鈴に同情するような表情になった。

「アタシはあんまり手荒れしたりはしないけど、台所や洗濯仕事なんかの水仕事をしていた娘が、あんまり手荒れが酷いんで仕事を変えてもらうってのは、たまにあるよ」

「やっぱりですか。体質じゃあ仕方ないですもんねぇ」

所謂《いわゆる》後宮の雑用係である宮女の仕事は多岐にわたるので、あまり水に触れない仕事なんてものもちゃんとある。なので無理をしないでそちらで頑張ればいい。

けれど江貴妃のお付きという大出世を果たした鈴鈴は、そう簡単に仕事代えとはいかない。

――鈴鈴だって、せっかくの出世の機会を逃したくないだろうし。

だからこそ、軟膏の出番なのである。肌荒れは水仕事後の手入れ次第で、結構変わってくるものなのだ。

「化粧水・乳液・軟膏の三つは、大体一揃いで使うものでして。化粧水で肌を潤し、乳液でその水分を閉じ込めてから、まだ乾燥が酷い時にはさらにこの軟膏を塗るんです」

雨妹はまるで、化粧品売り場の売り子のような口調になる。

「さらにこの軟膏は、水仕事後の手にこまめに塗ると手荒れを防ぎます。材料も蜜蝋と食物油に香油ですから、台所でも衛生的だし安心でしょう？」

雨妹がそう説明しながら、美娜の手の甲で化粧水・乳液・軟膏を試してみる。

「はぁ～、大したもんだよ全く。こんなになるのかい⁉」

美娜は試された手の甲の、その潤い具合に驚いている。

――うんうん、なにせ日本の皮膚科学に基づいたお手入れ法だからね！

肌を一見潤っているように見せかけるという、絵画的美容法とは違うのだ。

「でもじゃあ、こっちの赤い軟膏はなんだい？」

次に美娜が興味を示して指さしたのは、軟膏《なんこう》が赤く色付いているものが入った器だった。これが最後に一工夫した代物である。

「これはですね、紅の代わりです！」

――よくぞ聞いてくれました！

雨妹は自信満々で紹介する。

この赤い軟膏は要するに、色付きのリップクリーム――唇用軟膏なのだ。軟膏に赤い顔料を加えたもので、唇の荒れを防いで、化粧したようにも見えるという優れものだった。

ちなみに紅の顔料は、「雨妹もお化粧したいでしょう？」という厚意の差し入れに入っていた。今の雨妹は親切な宮女の厚意で出来ている気がする。

「紅って、これが？」

一方美娜は怪訝《けげん》そうな顔だ。

この国には基本的に、保湿という考え方がない。シミも皺《しわ》も肌荒れも、とにかく上から塗って隠せばいいという、どこまでも絵画と同様なのだ。

だから口紅も潤って見えるように油でギットギトなもので、それに慣れている人にこの軟膏を口紅だと言ってもピンと来ないだろう。

けれど前世の質の良い化粧品を知っている身としては、あの口紅は拒否感がある。いかにも「なにか塗ってます」感が、厚化粧を演出してしまうのだ。

さらに後宮では基本的に、主《あるじ》よりも派手な格好や化粧をしてはいけない。梅のような派手好きは例外として、鈴鈴みたいな主付きの宮女だと、化粧にも気を遣うことだろう。

その点この唇用軟膏だと唇のかさつきも抑えられ、発色も派手ではない自然な赤味であることが利点だろう。いかにも「化粧しました」感が薄いので、いいのではないかと思うのだ。

「ちょっと塗ってみますね」

雨妹はだいぶ冷めていた唇用軟膏を指で掬《すく》い取り、試しに自分の唇に塗ってみる。

「ほら、なにも言わなかったら、『健康的な唇の色』くらいに見えませんか？」

「確かに、よぅく見たら『なにか塗っているな』って思えるけど、ちらっと見ただけだとわからないね」

美娜は雨妹の唇を見てそう零《こぼ》すと、自分も試しに唇用軟膏をつけてみている。

「うん、塗り心地が軽くていいねぇ、紅を塗っているってことを忘れそうだ」

美娜がそんな感想を抱くのも無理はない。

雨妹からすると、これでも十分「塗っている」感がある。だが絵の具的な口紅に慣れている人からすると、この唇用軟膏は塗っていないも同然に思えるだろう。

――これだったら、鈴鈴も喜んでくれるかな？

美娜の様子から、化粧品への好感触を実感していると。

「でも阿妹、コレはあんまり人に言いふらさない方がいいかもよ？」

その美娜に、こんな忠告をされてしまった。

「なんでですか？　安価でお肌に優しい天然素材だから、いいと思うんですけど」

きょとんとした顔の新人宮女に、美娜は諭すように語りかける。

「うんうん、アンタはそういう娘だ。でもね？　他の宮女がこぞってこれを使いたがるだろう？　そうなったら、今まで化粧品を売っていた商人から『商売の邪魔をした』って文句を言われかねないよ」

「……そうかも」

美娜の説明に、雨妹も頷《うなず》くしかない。確かに、既得権益というのは馬鹿にできない怖さがあるものだ。

それに雨妹だって「全ての後宮の女の肌を救う！」、なんて大きいことを言うつもりはない。仲良くなった知り合いにだけ、コッソリ耳打ちする程度でちょうどいいのかもしれない。

「鈴鈴には、私が作ったことを秘密にしてもらいます」

「うんうん、それがいいかもね」

こうしてこの化粧品は、秘密の品となるのだった。


そんな話をした、翌日。

美娜から「阿妹、アレいいねぇ！」と朝食の場で興奮気味に耳打ちされた。雨妹自身も、昨夜はしっかりお手入れして就寝したので、肌に潤いを感じている。

肌の調子がいいと、気分も良くなるというもので。

雨妹はルンルン気分で掃除に向かい、昼頃になると一旦《いったん》掃除を止《や》めて移動し始めた。

化粧品が出来上がったことを鈴鈴に手紙で伝えており、先日会った場所で落ち合うことになっているのだ。

ちなみに後宮内の敷地は広大なため、連絡手段として所謂《いわゆる》郵便屋的な仕事の者がちゃんといたりする。

——鈴鈴、もう来ているかなぁ？

雨妹は少々急ぎ足で向かうと、鈴鈴はもう約束の場所で待っていた。ソワソワとした様子で辺りを見回していて、すぐに雨妹の姿に気が付く。

「鈴鈴、お待たせ！」

雨妹は鈴鈴に小走りに駆け寄ると、お互いに仕事を控えた身であるので、早速持っていた包みを見せる。

「これが、例の化粧品ね」

そう言って包みを開き、中にある化粧水・乳液・軟膏・唇用軟膏の一揃いをざっと教えて、美娜にしたように使い方を説明する。

「高価な材料も変なものも使ってないよ。こっちの小瓶には水と砂糖に食用油。こっちの軟膏には蜜蝋と食用油、紅《あか》いのに顔料が入っているくらいだから。あと鈴鈴が好きな香りだって言っていた香油ね。だからかぶれたりなんかの心配はないと思うんだけど」

雨妹の話を鈴鈴は熱心に聞いていて、次第に顔が上気したように赤くなっていくのがわかる。そして実際に彼女の荒れた手に使ってみせると、ひび割れてあかぎれた個所《かしょ》は仕方ないにしても、そうでない肌がカサカサしなくなって潤っていることに驚く。

「すごいです雨妹さん、まさか本当に化粧品を作るなんて！　こんなにしっとりした肌なんて、いつぶりかしら……！」

鈴鈴が興奮気味にそう告げるのに、しかし雨妹は「しぃーっ！」と止める。

「あのね、私がコレを作ったのって、秘密にしてくれる？　なんだか色々面倒になりそうだから」

この雨妹の言葉に、鈴鈴も「確かに大騒ぎになりそうですね」と頷くと。

「あたし、雨妹さんが困るようなことは絶対に言いません！」

真剣な顔でそう誓ってくれた。

――鈴鈴ってば、真面目だなぁ。

それから鈴鈴には化粧品はあまり日持ちがしないので、ケチらずにたっぷり使って短期間で使い切るように伝え、化粧水と乳液を作る際の、材料の割合も教えた。

「これで、寒い季節をなんとか乗り切ってね」

「はい、ありがとうございます！」

そんな会話をした後に、お互いに仕事に戻るのですぐに別れたのだが。

戻り際の鈴鈴の弾《はじ》けんばかりの笑顔は、先日の様子とは比べ物にならないくらいに幸せそうで。

「これで、鈴鈴が泣かないで済むといいなぁ」

雨妹はそう願いながら、自らも掃除の続きをしに行くのだった。

さらにそれから数日後。

その日雨妹は休日で、自室でチクチクと縫い物をしていた。やはり雨妹だって女の子、部屋を可愛く飾りたいのである。

というわけで今縫っているのは、辺境から持ってきた毛皮の上着を再利用しているものである。この上着は後宮ではさすがに使えないが、捨てるにはもったいない。

というわけで、この毛皮をぬいぐるみに変身させようというのだ。

――フェイクファーじゃない、本物の毛皮でぬいぐるみとか、ある意味贅沢《ぜいたく》だよね。

毛皮は辺境で駆除された狼《おおかみ》のものだが、作っているのは熊のぬいぐるみだ。というより、複雑なものは作れる気がしないが熊なら大丈夫だろうという、謎の自信に基づくものである。

「く〜まさん、く〜まさん、くまっくまっくま〜♪」

雨妹作の「熊の歌」を口ずさみながら、チクチクと針を動かしていると。

コンコン
部屋の戸が誰かに叩《たた》かれた。

――美娜さんかな？

よくおやつを持って遊びに来てくれる姿を思い描きつつ、雨妹が持っていた毛皮と針を置いて立ち上がり、戸を開けに行くと。

「……あれ？」

雨妹は戸の前に立つ人物を見上げる。

そこにいたのは美娜ではなかった。いや、宮女ですらない。

「なるほど、ここがお前の部屋なのか」

そう言って立っているのは、何故《なぜ》か立彬であった。

「どうしたんですか一体？　っていうか、いいんですか？　宮女の宿舎に入っちゃって」

いくら太子付きの宦官《かんがん》とはいえ、女ばかりの宮女の住まいにこうも堂々と入り込むなんて。

——なにしに来たんだろう？　やらしいことを考えているとか……。

雨妹に素行を疑われているのに気付いたのか、立彬が壮絶に嫌そうな顔をした。

「好きでここまで来たわけではない。通りかかった宮女にお前を呼んでもらおうとしたら、『勝手にしろ』と相手にされなかった。なので仕方なく『大部屋の横の物置』だという、以前に聞いた話を頼りに探しに来たんだぞ」

——ああそれ、私を嫌っている一派に当たっちゃったんだね。

運が悪いばかりにいらぬ苦労をした立彬に、雨妹はちょっと同情してしまう。

立彬がウロウロした今が、人の出入りが少ない時間帯でよかったと言えよう。でないとこの姿の良い宦官を見た宮女たちで、おそらく大騒ぎになっていたはずだ。

「まあとにかく、ここに立っていても目立つだけですし、どうぞ」

雨妹は立彬を室内に招き入れた。

「あ、履き物はそこで脱いでくださいね。土足厳禁です」

雨妹が玄関に見立てた敷物をビシッと指さすと、立彬は「何故だ」とは言わずに素直に脱ぐ。どうやら履き物を脱ぐ習慣を知っているようだ。

こうして、雨妹の部屋に一歩踏み込んだ立彬だが。

「……やはり狭いな」

部屋を見た第一声がこれである。しかしそんな相手に、雨妹は「ふふん」と得意げな顔をする。

「わかってませんね、この狭さがいいんじゃないですか。あまり動かずになんでも手が届くし」

「要するに、狭いんじゃないか」

しかし立彬は、雨妹の言いたいことがわからない様子。

――この人、やっぱりいい所のお坊ちゃんか。

雨妹は立彬にこの部屋の快適さをわかってもらうのを諦《あきら》め、お手製座具を勧めて縫いかけの毛皮を隅に片付ける。

すると立彬が座具に座りながらも、その毛皮に目を留めた。

「なんだそれは」

「都まで出てくる時、着ていた上着です」

立彬の質問に、雨妹も同じく座具に座りつつ率直に答える。

「……立派な毛皮だな、と言うべきか。毛皮なんぞ着ていたのか、と言うべきか」

「いいんですよ、『ずいぶん田舎から出て来たんだな』って正直に言ってくれて」

言葉選びに迷う立彬に、雨妹は「ふん」と鼻を鳴らす。自分が田舎者であることくらい、誰よりもわかっているとも。

そもそもこの毛皮というのは、後宮でも上位の妃嬪《ひひん》が稀《まれ》に身に纏《まと》うくらいの、高価でもあるが珍しいものなのだ。都ではあまり見ないというのは、美娜からも聞いている。

なので毛皮を持っているとすると一部の金持ちの贅沢品《ぜいたくひん》か、もしくは辺境の田舎者の防寒着かという両極端な代物なのである。

でも誰が使うのであれ、毛皮は毛皮。フカフカなことには変わりない。

「もう着ないだろうしもったいないから、ぬいぐるみ——人形に作りかえようと思って」

雨妹がそう話しながら、縫いかけのぬいぐるみを広げて見せる。詰めものをしていないのでぺしゃっとなっているが、頭部は概《おおむ》ね縫いあがっているのだ。今手掛けているのは胴体部分である。

「ほう、人形。どんなものなのか想像がつかんが」

しかし、立彬は熊の頭部を見て首を傾げた。

「察しが悪いですね、熊じゃないですか」

雨妹が頭部をずずいと立彬に近付けるのを、相手はしばし眉間《みけん》に皺《しわ》を寄せて見ていたが。

「熊はそんなに丸くはなかろう」

そんな文句を言われてしまった。

——誰がリアルな熊を作りたいか！

ぬいぐるみに本物感を追求するものではない。デフォルメされているから可愛いのである。

というか、この男はそんな話をするためにわざわざやって来たのか。

「立彬様、人形が欲しかったんですか？」

「違う！　……そうだ、こんなことを話しに来たのではない」

雨妹が水を向けると、立彬は本題を思い出したようだ。

「雨妹、お前は江貴妃付きの宮女に、化粧品のようなものを贈らなかったか？」

立彬の口から出たのは、非常に身に覚えのあることだった。

「……もしかして、鈴鈴になにかありましたか？」

鈴鈴に化粧品一揃《ひとそろ》いを渡したのは、つい最近のことだ。

――もしかして先輩の宮女や女官に盗られちゃったとか、はたまた怪しげな代物を太子宮に持ち込んだとして、罪に問われているとか⁉

雨妹の脳裏に、悪い事態が次々に浮かび、渡した後のことをもっと考えてあげればよかったと、雨妹は激しい後悔に見舞われる。

「よくわからないけど鈴鈴、叱られちゃうんですか⁉」

「……なんだと？」

顔色を変えて縋《すが》ってくる雨妹に、立彬は一瞬驚いた顔をする。

「だったら鈴鈴はなにも悪くないんです、私が余計なお節介をしたから……！」

「雨妹、ちょっと落ち着け」

アワアワとするばかりの雨妹の肩を、立彬が軽く叩く。それでハッと我に返った雨妹は、座具に座り直す。

「取り乱しました、すみません」

「いや、いい。……お前もそんな顔をするんだな、明賢《メイシエン》様や陛下を前にしてもふてぶてしいから、細やかな神経は持ち合わせていないとばかり思っていた」

立彬は慰めているようで、かなり失礼である。

――要するに、私には可愛げがないってこと？

乙女心が微妙に傷付いた雨妹は、ぷうっと頬を膨らませた。

「そうだ、その顔だ」

すると立彬が「うんうん」と頷《うなず》いている。やはり失礼な男だ。

「で？　鈴鈴と化粧品がどうかしたんですか？」

雨妹は仕切り直すつもりで、再度立彬に尋ねる。するとあちらも「ゴホン！」と咳《せき》ばらいをして、話を戻す。

「話す前に言っておくが、鈴鈴が化粧品のことで罰を受ける、などというわけではない」

「そうなんですか？」

どうやら雨妹の考え過ぎだったようで、ホッと安堵《あんど》の息を吐くが、しかしだからと言って問題が解決したわけではない。

「じゃあ、なんで私に化粧品のことを聞いてくるんですか？」

鈴鈴は化粧品の出所を「絶対に言いません！」と誓っていたのだが、立彬は何故に雨妹に尋ねてきているのか。鈴鈴は案外口が軽かったり、押しに弱い娘だったのだろうか。

そもそも鈴鈴に渡した化粧品のことで、何故立彬が出てくるのか。

疑問顔の雨妹を、立彬がじっと見つめる。

「まず最初に確かめたいのだが、鈴鈴に化粧品を渡したのはお前なのだな？」

改めて問われ、雨妹は頷いた。

「そうです。鈴鈴が手荒れが酷いことに悩んでいたから、ちょっとでもよくなるようにって思って。その化粧品に、なにかありましたか？」

雨妹の質問に、立彬が難しい顔をした。

「化粧品の良し悪《あ》しについては、俺にはわからん。だがその出所を江貴妃に尋ねられた鈴鈴が、だんまりを貫いている」

「……はい？」

またまた意外な名前が出て来た。

——江貴妃が？　なんで？

先程から雨妹の脳内には「なんで」ばかりが浮かんでくるのだが。

確かに江貴妃は鈴鈴の仕えている人である。しかし太子の貴妃である彼女なら、宮女が使うような代物に手を出さずとも、最高級の化粧品が手に入るだろうに。

その質が本当に良いかどうかは、置いておくとして。

さっぱり状況がわからない雨妹に、立彬が説明してくれた。

「江貴妃は医局から戻られて以来、ずいぶんと体調が回復されている。だがそれでも以前に比べて、お身体全体が弱っているのは確かだ」

「まあ、病気で落ちた体力って、なかなかすぐには戻りませんものね」

体力というのはつけるのに長い期間の努力が必要であるが、落ちるのは一瞬だ。しかも普段運動量が多いとは思えない妃嬪のことだから、なおさら体力作りは大変だろう。

「それでだな。聞くところによると、以前使っていた化粧品が肌に合わなくなっているらしいのだ。江貴妃が赤く火傷《やけど》したような肌になり泣いているのを、明賢様が慰めるのに苦心しておられた」

「ああ、免疫力が弱くなって、敏感肌になっちゃったんですね」

すんなり納得した雨妹に、「そういうものなのか？」と立彬が逆に聞いてきた。

――まあ、化粧品に疎い人にはわかり辛いか。

前世では男だって化粧品で肌を整えるようになっていたが、この国での化粧品は、まだまだ女が使う物だろう。

首を捻《ひね》る立彬に、雨妹は江貴妃が敏感肌になった仕組みを説明してやる。

「人の肌には外部の雑菌――人を害しようとするものから守る働きがあるんです。でも本人の体力が落ちれば、その守る働きも鈍くなるもので。ほら、元気な時だと怪我《けが》の治りは早いけど、弱っているとなかなか治らないでしょう？」

「……ああ、なるほど。その理屈はわかる」

怪我を例えにした説明に、立彬も納得の顔になった。

「たぶん江貴妃は、以前はちょっと肌に刺激が強い化粧品を使っていたのではないでしょうか？元気な時はそれに肌が耐えられたけど、弱っているとその刺激を撥《は》ねのける力が肌にはない」

そして雨妹はここまで自分で説明しながら、だんだんと話が読めてきた気がする。

おそらく鈴鈴は雨妹のあげた化粧品で、手荒れが劇的に改善したのだろう。その一方で江貴妃は肌荒れを発症していて悩んでいる。

「新しい化粧品を探すつもりになっていた江貴妃は、鈴鈴の肌荒れが治っているのに気が付いたんですね？」

雨妹の推測に、立彬が「そうだ」と肯定する。

「江貴妃は鈴鈴の痛ましい手荒れ具合を気にかけていたそうだが、当の鈴鈴が数日前から悩むそぶりを見せなくなった。これは一体どうしたわけかと、尋ねたらしい」

「……でも、鈴鈴は答えなかった？」

恐る恐る尋ねる雨妹に、立彬が静かに頷く。

「主の一大事なのに協力せぬとは何事かと、他の宮女や女官が騒いでいて、今江貴妃の周囲は非常に雰囲気が悪い」

自分の立場が悪くなっても教えなかったとは、なんと義理堅い娘だろうか。

――鈴鈴、一瞬でも疑ってごめん！

それにしても、江貴妃の係わりについてはわかったのだが。

「で、立彬様はなんでそれで、私が出所だと思ったんですか？」

立彬が鈴鈴と雨妹を結びつけるには、どういった根拠があったのか。

この答えは、案外簡単なものだった。

「聞き込みをしたところ、人があまり通らない辺りでお前が鈴鈴と会っている姿を見た者がいたのだ」

単純に、鈴鈴と会った場面を誰かに見られていたらしい。それで雨妹が鈴鈴になにか入れ知恵したのでは？　と考えたのだという。

「結果、それが当たっていたというわけだ」

――立彬様、その話を先にしといてよね、もう！

おかげで変に焦る羽目になった雨妹は、立彬をジトッとした目で見る。

「話が変に拗《こじ》れているようですが、まず化粧品については鈴鈴に私が口止めしたんです。化粧品を売っている商人に、営業妨害で訴えられたくないですからね」

「なるほど、出入り商人の利権に係わるのは、確かに避けた方が無難だろうな」

雨妹の語る理由に立彬も理解を示す。やはり商人を敵に回すのはマズいらしい。

――美娜さんの言う通りにしておいて良かった！

今更ながら、助言してくれた美娜に感謝である。

雨妹が内心で、彼女が働いているであろう台所に向かって手を合わせていると。

「ならば、俺も明賢様以外に絶対に口外しないと誓おう。だから教えて欲しい、その化粧品をどこで手に入れた？」

立彬が真剣な顔でそう聞いてきた。雨妹もこうまで言われると、教えないわけにはいかないだろう。

――元々親しい人ならあげてもいいって思っていたんだし。

そう決めた雨妹は肩の力を抜いて、口を開いた。

「正確に言うと、あれは買ったものではありません。私が加工したんです」

この言葉に、立彬がしばし固まる。

「……つまり雨妹お前、化粧品を作ったのか？」

「そうです。材料は台所と医局で貰《もら》ったものですが」

あっさりと教えた雨妹に、立彬は「台所と医局？」と呟《つぶや》き、化粧品の材料の出所に眉《まゆ》をひそめている。医局はともかく、台所という場所が謎なのだろう。

しかしすぐに気持ちを持ち直したようで。

「ではその化粧品、江貴妃のものを作ってもらうことは可能か？」

さらにそう尋ねてきた。

「そりゃあ、構いませんけど」

雨妹はそう答えつつ、問題があることに思い至る。

化粧水と乳液はともかく、軟膏《なんこう》作りは火を使う必要がある。でもあまり頻繁に台所脇の竈で軟膏を作っていては、化粧品のことが宮女たちに露見しそうな気がする。

――どこか、場所を変えた方がいいかな。

「立彬様、太子宮では竈を人払いをして使えますかね？」

雨妹の作業場所を探してのこの質問に、立彬は渋面を作る。

「化粧品作りに竈を使うのか？　だが難しいな、台所番が頷くまい」

「やっぱり、そうですよねぇ」

宮女たちが使う台所だって見張りがいるのだ、太子宮はもっと厳重警戒に違いない。

「でもできれば見られて目立ちたくないし」

となると他にどこか、こっそりと火を使える場所はないものか。

腕を組んで「う～ん」と悩む雨妹だったが、しばらくそうしていると、ふと思い当たる場所がひらめいた。

――そうか、あそこなら！

「立彬様、私に心当たりがあるので、行きましょう！」

「……そうか」

というわけで、二人で移動することになり。

「……で？　ここなわけか」

雨妹が連れて行った先に、立彬はなおも首を捻る。

というのも、二人がやって来たのは医局であった。

「だって、ここが一番環境がいいですし」

納得していない様子の立彬に、雨妹はあっさりと言う。

なにせここには材料が揃《そろ》っていて、竈もあり、滅多に人が寄り付かない。うってつけの場所といえよう。

「陳先生、お邪魔します！」

すっかり医局へ足を運び慣れていた雨妹は、気軽に戸を開ける。

「雨妹、最近お前さんはよく来るな。にしても、珍しい組み合わせだ」

出迎えた陳が雨妹と立彬を交互に見ると、そう言って顎《あご》を撫《な》でる。

ちなみに陳がいる日時というのが大まかにわかってきた雨妹は、ちゃんと狙いすまして来ていたりする。

「先生、竈を使わせてください。この間に譲ってもらった蜜蝋《みつろう》の件なんです」

「まあそのくらい、薬作りの邪魔をしないのなら構わんぞ」

陳の呑気《のんき》な答えに、雨妹は「やった！」と小さく叫ぶ。

つい先日までは、インフルエンザ問題で嵐のような忙しさだったらしいが。雨妹が教えた除菌・うがい手洗い・加湿などの予防法が広まったおかげで、まだまだ油断ならないものの、陳たち医者にも徐々に余裕ができているらしい。

往診や患者確保に駆け回ることも少なくなり、その分薬作りが捗《はかど》って、と状況が好転しているようだ。

医者が暇になるのは、世の中的にはいいことだろう。

だが生憎《あいにく》、本日はその暇のお供になるようなおやつを、持ち合わせていない。

「それと残念なお知らせですが、急なことだったので差し入れのおやつを持ってこれませんでしたが」

雨妹はいつも手土産持参だったので、陳に期待させては悪いと先に謝っておく。ここでおやつを食べながら医術談義をするのも、楽しいものなのだが。ないものは仕方がない。

雨妹の謝罪に、「お前さんは律義だなぁ」と陳が苦笑した。

「差し入れはまた今度を楽しみにしておくから、今日は茶を淹《い》れてくれや」

「なら、茶は俺が淹れよう」

一人なにもせずにじっとしているのが嫌なのか、立彬がそう声を上げる。

こうして、立彬と二人で竈に立つこととなった。

立彬がお茶を淹れるお湯を沸かしている隣で、雨妹は鍋《なべ》の二段構えで軟膏を湯煎《ゆせん》で作る。

鍋にポイポイッと入れる材料に、立彬が驚く。

「蜜蝋と、油？　そんなものが化粧品なのか？」

「そうです、これで乾燥によるひび割れなんかを防げるんですよ」

湯煎で溶けた蜜蝋と油を時折かき混ぜつつ、立彬の疑問に応じる。

その様子を、雨妹の作業が気になるようで離れた場所から見守っていた陳も、感心した声を上げる。

「なるほどねぇ、薬もなんにも混ぜない軟膏か。考えたなぁ、それなら誰にでも使えるわな」

医者が使う軟膏は基本的になにかの薬が混ざっている。だから個人の症状に合わせて、一つ一つ作らなければならない。

しかし化粧品としてなら、薬なんて混ぜなくても十分なのである。

というか薬効無しの軟膏が乾燥した肌の保湿に有効だと、ちょっと考えれば思い付きそうなものなのだが。この国では今まで試されることがなかったようだ。

これは化粧品が薬と近しい関係になく、あくまで絵の具の仲間とされていることが原因だろう。

「そうか、お前さんは薬作りと似たような感覚で、化粧品を作っているのか」

こうして医者である陳が驚くくらいである、雨妹の化粧品の作り方は珍しいのだろう。

――日本だと化粧品の類って医薬品のものがあったりしたし、薬の部類に入ると思うんだけど。

肌を整えることが治療の一環だと、何故誰も思い至らなかったのか。

そんな風にこの国の化粧品の謎に思いを馳《は》せながら、雨妹は鍋の中身をぐるぐるかき混ぜる。

やがて鍋の中身がいい感じに混ざり合うと、容器に入れて冷ます。これはもう貰い物の器がないため、陳から軟膏を入れる器を融通してもらう。

もちろん、紅入り軟膏も作った。江貴妃が普段使いできるか微妙だが、夜の薄化粧なんかにいいのでは、と思ったので。

こうして軟膏が完成すると、次に化粧水と乳液作りだ。それらに使うための精製水を作るため、井戸水をろ過して竈で煮沸消毒をする。

その精製水が冷めるまでの間、立彬の淹れたお茶を頂くことにした。

「どうぞ」

お茶が注《つ》がれた器を、立彬がまず陳の前に、そして次に雨妹の前に、最後に自分が座る席に置く。

「おお、お茶の色が綺麗《きれい》……！」

雨妹が淹れた時とは違って、お茶の色が澄んでいる。これは一体どうしたことか。

「ほぅ、太子殿下のお付きが淹れる茶は、さすがに美味《うま》いなぁ」

先にお茶に口を付けた陳が、しみじみとそんな感想を述べる。

「……本当だ。私のお茶と全然違う」

お茶の苦みが少なく、まろやかな味がする。

「褒めていただき光栄です」

立彬は自らもお茶を飲みつつ、軽く一礼した。

――この立彬様が、こんなに美味しいお茶を淹れるなんて。

雨妹はちょっと衝撃というか、納得がいかない。

かくして微妙な気持ちになりながらも、美味しいお茶で喉《のど》を潤したところで、化粧品作り再開である。

先程作った精製水がちょうど冷めたので、化粧水を作るのだが。これは混ぜるだけなのでこの場で作業だ。

「化粧水と乳液に使う材料は、水・砂糖・食用油です」

雨妹は立彬に説明しながら、化粧水と乳液をちゃっちゃと作る。

「……たったそれだけなのか？　しかも台所で手に入るものばかりではないか」

「だから言ったじゃないですか、材料は台所と医局で手に入れたって」

またもや驚く立彬に、雨妹は既に伝えた内容をもう一度口にする。

こうも驚かれると雨妹としてはむしろ、他の化粧品がなにを使って作られているのか、非常に怖くなってきた。

なにしろ雨妹が用意するのは基礎化粧品であり、白粉《おしろい》や紅などはまた別なのだから。

——白粉の材料って、鉱物の粉か澱粉《でんぷん》だっけ？

ここはくれぐれも、鉛入りの白粉は止めるように言い含めるべきだろうか。確か鉛入りの白粉は肌への伸びなじみが良いので、毒性があるとわかっても、昔の日本の女たちはなかなか止められなかったという話だったはず。

——うん、やっぱり一言注意しておこう。

ちなみにこれらの化粧品は、江貴妃は香水を使うことを想定し、全て無香料にした。

そして、もしかして他の女官も欲しがるかと思い、少し多めに作った。

さらに防腐剤のようなものが入っていないため、短期使い切りが大事なことを立彬にも伝える。

「化粧水と乳液の配合は鈴鈴が知ってますから、こまめに作ってもらうといいですよ。あ、たくさん作ったので、立彬様も使ってみますか？」

ふと思いついて提案してみると、立彬に壮絶に嫌そうな顔をされた。

「男が化粧品なんて使えるか」

立彬はどうやら、化粧品に偏見があるようだ。別に化粧品は女だけに許された特権などではないのに。

「肌荒れの辛さに、男も女もありませんよ。むしろ立彬様の唇、乾燥してカッサカサじゃないですか。そういうのにも、コレを塗るといいです」

雨妹はそう言って、立彬に軟膏を渡す。

「むしろ今からのお手入れが将来、美老人になれるかの道を分けるんですからね！」

ビシッと言ってやった雨妹に、その様子を離れて眺めていた陳が面白そうな顔をする。

「美老人とは、面白いことを言うなぁ」

「あ、陳先生もどうぞ。手荒れにいいですよ」

「お、いいのか？」

雨妹が化粧品一揃《ひとそろ》いを進めると、こちらは素直に受け取った。多分珍しいものに興味がある、という面もあるのだろう。

かくして無事に化粧品を立彬に渡せた雨妹は、「これで鈴鈴の立場が良くなるといいな」と願うのであった。

＊＊＊

立彬が雨妹から化粧品を受け取った翌日。

「これが、話に上がっていた化粧品です」

立彬は化粧品一揃いを明賢に渡すと、その出所や経緯について語った。

「これらの品は全て雨妹が自作したもので、私もその作業現場に立ち会いました。鈴鈴に渡したものの、商人の利権に絡むことを厭《いと》って口止めさせたそうです」

話を聞いた明賢は感心したような、呆《あき》れたような表情で、化粧水の入った硝子の小瓶をしげしげと眺めている。

「はぁ……。あの娘は化粧品まで作ってしまうのかい」

「はい、まさか化粧品まで作るとは、想定外です」

決して自分たちの想像力が貧困なわけではない。まさか新人下っ端宮女が化粧品を作るなど、誰が考えただろう？

「材料も驚くほどに単純で、今明賢様が手にされているものは水と砂糖で作られています」

立彬の説明に、明賢は目を瞬かせた。

「……化粧品だよね？」

「はい、ちなみにそれは化粧水といって、肌に潤いを持たせるものだそうです。もう一つの小瓶は乳液という、肌の潤いを閉じ込めるものということでした。入っているのは化粧水の材料に、油を足しただけだとか」

「はぁ〜、それだけでねぇ……」

明賢はため息を漏らしながら、化粧水を試しに自分の掌《てのひら》に垂らしている。

立彬も明賢の気持ちがよくわかった。

化粧品とは、普通の者には手に入れ辛い材料で作られているのではなかったか。だから希少で、高価なのだ。

——それが水と砂糖で作れるとは、これまでの化粧品はなんだったのか。

高い金を積んで化粧品を買っている女たちが、愚か者に見えてきてしまう。

「雨妹の話ですと、正確に言えばこれらは素肌の調子を整えるものであるとか。この化粧品で手入れをした後で白粉を肌にはたけば、粉のノリが全く違うのだと言っていました」

「確かに、水で手を濡《ぬ》らしたのとはちょっと感触が違うね」

掌に零した化粧水を手に伸ばしている明賢が、その肌の感触に驚いている。

「その上から、この乳液を使うそうですよ」

「ほぅ」

立彬に言われた明賢は、早速乳液も掌にとった。

「水に濡らすのとも違うし、油を塗るのとも違って、これは実に手に馴染《なじ》むね。それに立彬、ちょっといつもと違うね、肌が明るくなっている気がするよ」

明賢に指摘され、立彬は眉間《みけん》に皺《しわ》を寄せる。

「……一応、得体のしれないものを渡すわけにはいかないもので」

そう、雨妹に「使ってみますか？」と言われた際には嫌な顔をした立彬だったが。

よく考えれば貰《もら》った化粧品を、そのまま明賢に渡すわけにはいかないのだ。毒見と同じように、害がないかを試してから渡す必要があった。

なので渋々ではあるものの、昨日寝る前に化粧水・乳液・軟膏《なんこう》を全て、自分で使ってみたのだ。

……もちろん、紅入りの軟膏もである。

これこそ寝る時でないと試せない。万が一人に見られでもしたら、しばらく人に会いたくなくなるだろう。

使ってみた感想としては、自分でも朝起きた時の肌の乾きが少なく、顔を洗った際のピリピリした感覚が和らいだ感じがした。

そして宦官《かんがん》として働き出したことで、鈴鈴ほどではないにせよ水仕事による手荒れがあったのだが。軟膏のおかげで手荒れが楽になり、今日は水仕事が苦ではない。

――これは確かに、広まれば誰もが欲しがるだろうな。

立彬でも、この軟膏は融通してもらおうと思うくらいなのだから。

「これで玉秀も、少しは楽になるといいけど。それにしても雨妹には、なにかお礼をしなければならないね」

乳液を塗ってしっとりとした己の手肌をしげしげと見ている明賢が、そう告げる。

――あの娘に礼か。

立彬の脳裏におやつに拘る雨妹の姿が思い浮かぶ。皇帝である志偉《シエイ》と出くわした時も、昨日も、おやつのことで騒いでいた。

少なくとも青の瞳《ひとみ》を持つ皇族の血筋であるのに、あんなに食い意地が張っていていいのだろうか？　立彬はそう思いはするものの、おやつ一つで幸せになれる雨妹のお手軽具合も、似合う気がしなくもない。

「……あの者は、美味い甘味が一番かと思われますが」

「そうかい？　なら宮の料理人になにか作らせようかな」

かくして、雨妹すなわちおやつ。そんな図式が立彬と明賢の間で出来上がったのであった。

化粧品騒動からしばらくして。

雨妹は掃除をしていると、また立彬に出くわした。今度はなんと、彼の主も同伴である。

——今度は一体何事だ⁉

思わず身構える雨妹に、太子がにこやかに笑う。

「雨妹、そう嫌そうな顔をしないでおくれ。今日は先日から色々と世話をかけた礼を言いに来たんだから」

「お礼、ですか?」

未《いま》だ身構える雨妹に、太子が苦笑する。

「そうだとも、雨妹のおかげで鈴鈴を遠ざけずに済んだ。あの娘は玉秀が気に入っていたから、本当によかったよ」

「そうなんですか!」

——やったね、鈴鈴!

あの娘が泣くような結果にならず、なによりである。こうして雨妹がホッと息をついていると。

「そうだ、化粧品もありがたかったけど。聞いたよ雨妹、鉛入りの白粉は良くないんだって?」

どうやら立彬にした忠告が届いたらしく、太子がそう尋ねてきた。これに雨妹は真面目に答える。

「はい、遠い異国では毒性が問題視され、禁止となっています。使った本人に症状が現れるのはもちろんですが、生まれる子に障害という形で症状が受け継がれることがあるのです」

「子供にまで？　それは恐ろしいことだ……」

話を聞いた太子がそう呟《つぶや》くと、一瞬遠い目をする。

――心当たりがあるのかも。

日本でも昔、鉛入り白粉の効果から逃れられず、使い続けた挙句に結構な被害が出たはずだ。しかも鉛入り白粉は結構な高級品なため、お偉いさんに被害が集中した。昔のその階級の子供が短命なのは、この白粉が原因だという説まであるくらいだ。

「江貴妃は、大丈夫だったのですか？」

恐る恐る尋ねる雨妹に、太子は「ああ」と頷《うなず》く。

「玉秀が出入りの商人に新しいものを持ってきてもらう際、念のために聞いてみたらしいよ。そうしたら玉秀には売っていないらしいよ。あれは『色白になりたい』と特に強く望む人に進めるものだそうだ」

「まあ、確かに色白にはなるでしょうねぇ……」

「玉秀は今でも十分色白だから、必要ないものではあるかな。けど後宮の全ての妃嬪に止めさせるのは、かなり難しいだろうね」

何とも言えない顔になる雨妹に、太子がそう言って苦笑する。

繰り返すが、鉛入り白粉は高級なので、商人にとっては美味しい商売なのだ。毒性があるとわかっても、美を追求する女がいる限り、売れなくなることはないだろう。

――あとは自衛あるのみか。

救いは、鉛入り白粉が高級品なために、庶民には買えないことだろうか。けどだが、だからこそ、鉛中毒が明らかになり難いともいえる。患者数が少ないと、害悪の噂が広まらないのだ。

だがこれについては、国のお偉いさんが考えるべきことである。下っ端宮女が頭を悩ませても仕方がない。

雨妹がそう心の中で割り切っていると。

「雨妹、君はそんなに医術の知識に長《た》けているのだから、それを生かして医者の助手になる気はない？　そして、ゆくゆくは女医だって目指せると思うのだけど」

太子から恐ろしいことを言われた。

――私が、医者の助手？

この言葉で雨妹は思い出す。前世日本での日常を。

新人看護師として病院に勤め始め、とにかく必死に働いて。休日になれば昇格や資格の勉強に明け暮れ。気が付いたら学生時代の友人がそこそこ遊ぶ中、全くそんな余裕がなく歳《とし》をとり、やがてお見合いで出会った相手と結婚。その後も子育てと仕事と勉強の日々が続いた。

そんな風に働き詰めだったからこそ、定年退職後にようやく自分の時間が持てるようになると、「華流ドラマ」という趣味に熱中してしまったのだが。

そして今、もう一度医者の助手を、つまり前世と同じ仕事を勧められている。

確かに、医者の補佐をする女官となれば、給金も待遇もいいだろう。

――でも、それじゃあ前と同じじゃないのさ！

そんな人生、絶対に嫌である。

どこの神様だか知らないが、せっかくもらった第二の人生なのだから、今度こそ自分の好きな趣味に生きるのだ。

「毎日毎日医者の顔ばっかり見ているなんて嫌すぎる……、生活に潤いってものがない」

あまりに衝撃的なため、うっすら涙目にすらなって嘆く雨妹に、太子が立彬と顔を見合わせた。

「雨妹、そんなにこの世の終わりみたいな顔をしないでおくれ。ちょっと思いついただけなんだから」

「……普通、高級職に就けると喜ぶところだろうに」

雨妹を太子が慰める一方で、立彬が首を捻《ひね》っている。

高級職だろうがなんだろうが、雨妹は前世の二の舞は御免である。この医療知識はあくまでおまけの能力で、今の自分は下っ端宮女の掃除係で十分満足なのだから。

――出世なんてしても、どうせ忙しさと人間関係の板挟みで胃を痛めるだけなんだから！

趣味の後宮ウォッチングをして、美味しいものを食べて、給金まで貰えるなんて。今の掃除の仕事は最高ではないか。

雨妹が改めて、今の生活を死守する決意を固めていると。

「雨妹、この話はもうしないよ。ほら、礼の品だって用意したんだけれどな」

そう言って太子が立彬の手から箱を受け取り、蓋《ふた》を開ける。

その中に入っていたのは。

「わぁ、酥《スウ》だ！」

「棗《なつめ》の餡《あん》を使った酥だよ」

感激の声を上げる雨妹に、太子が微笑ましそうな顔で説明する。

酥とはクッキーやパイのようなサクサクとした食感の焼き菓子だ。しかもこれはパイの形で中に棗の餡が入っているらしく、確かにちょっと甘酸っぱい香りがする。

しかも一つだけではない、箱にみっちりと詰まっているとは。なんと幸せな景色だろうか。

「これ、食べていいんですかっ⁉」

「もちろん、お礼だからね」

——やったぁ！

太子の答えに、雨妹は思わず飛び上がって喜ぶ。もう食べる前から、口の中は甘い棗の餡の味がしている気がする。

「立彬の言った通りだね」

「実に単純です」

太子と立彬がなにか言っているが、この棗の酥の前では些細《ささい》な問題だ。

雨妹は太子から蓋を閉められた箱を受け取ると、頬擦りしたくなるのを堪《こら》える。

もう今日は掃除どころではない。さっさと終わらせて帰ろう。そしていつもお世話になっている美娜にもお裾《すそ》分《わ》けするのだ。

美味しいものは、誰かとその美味しさを分かち合うとより美味しくなるのだから。

雨妹がおやつの時間に意識を飛ばしていると。

「ああそうだ、雨妹。玉秀のお礼も、今頃部屋に届いていると思うよ」

太子がさらにそんなことを言った。

――お礼？　江貴妃から？

お礼なら、今美味しそうな菓子の入った箱を貰ったのだが。どういうことかと目を丸くする雨妹に、太子が続けた。

「その箱は私からの礼だよ。それとは別に、玉秀からも溺《おぼ》れたところを助けてもらった礼をしたいそうでね。そこで雨妹、小さめの棚が欲しかったんだって？　先日ちょうど立彬が室内の広さを確認できたから、邪魔にならない大きさのを見繕ったみたいだよ」

「あー……」

――そんなこと、言ったかも。

立彬に聞かれたから答えたものの、今まですっかり忘れていた。

「こうしちゃいられない！」

俄然《がぜん》張り切り出す雨妹に、太子は自分が立ち去らないと仕事が再開できないと察したのか。

「じゃあまたね」

そう挨拶《あいさつ》した太子は、立彬を連れてこの場を立ち去る。

――別に「また」会わなくてもいいんですけど。

雨妹は少々引っかかる挨拶に眉《まゆ》を寄せながら、その二人にペコリと一礼してしばらくして、意識を切り替え猛烈な勢いで掃除を再開する。

早く仕事を終えて部屋に戻って、棚を見ながらおやつを食べるのだ。

はたきと箒《ほうき》と雑巾《ぞうきん》を駆使して掃除を完了した雨妹は、掃除道具を片付け、棗餡《なつめあん》の酥が入った箱を抱えてホクホク顔で部屋に戻る。

すると、室内に見慣れぬものがあった。どうやら楊の持つ合《あ》い鍵《かぎ》で入れたらしい。

——わぁ、可愛い！

この部屋にちょうどいい大きさの赤茶色に塗られた棚で、しかも棚の上部に素晴らしいものが付いている。

「あ、鏡！」

今まで部屋には鏡がなかった。それが鏡台だなんて素敵過ぎる。さすが江貴妃、女心がわかっているものだ。

「うっふっふ、だんだん自分の部屋っぽくなってきた！」

しばし鏡台を眺めていたが、貰《もら》った菓子の存在を思い出して、座具に座って箱を床に置き、そうっと開ける。

中に詰まっている棗餡の酥を一つ手に取ると、早速頬張る。

「うぅ〜ん、美味しい……」

雨妹は幸せの甘さを噛《か》みしめ、頬を緩ませるのだった。

終章　今日もおやつ日和

雨妹《ユイメイ》が掃除係《そうじ》としての日常を楽しもうと改めて決意した、その数日後のとある昼下がり。

台所では美娜《メイナ》が糕《カオ》を作っているようだ。どうやら先日お裾分けした棗餡《なつめあん》の酥《スウ》に刺激され、より美《お》味《い》しい甘味を作ろうと工夫しているらしい。

雨妹はそのご相伴に与《あずか》ろうと、あたりをウロウロして待っていると。

「きさまが噂《うわさ》の新入りか⁉」

「はぁ？　なんですか？」

遠くの方から、男の声と女の声でそんな問答が聞こえてきた。

――なんだ、何事？

後宮ウォッチャーとしての野次馬根性が疼《うず》く雨妹は、様子を見ようと声のする方へ行ってみる。

「きさまが新入り宮女か⁉」

「アタシが新入りに見えるってのかい？」

すると声の主である男はそんな風に、あたりの宮女に声をかけまくっていた。

――なに？　こんなところでナンパ？

白昼堂々宮女をナンパなんていい度胸をしているその男は、一風変わった服装である。頭に純陽巾《きん》と呼ばれる冠を被《かぶ》り、服装は宦官《かんがん》とは違う道袍《どうほう》と呼ばれるもの、足元は雲履《うんり》という、靴下と足袋が一緒になったような履き物だ。

この格好で、雨妹にはあの男が何者かわかろうというもの。

——うん、絶対に道士だね。

華流ドラマではあの格好は道士の制服のようなものだったが、この国でもおおよそ変わらないらしい。

「おや趙《チャオ》道士、こんなところでどうかされましたんで？」

雨妹が正体を悟ると同時に、騒ぎを聞きつけたのか楊《ヤン》がやってきて、そう声をかけた。

「うるさい！　皇太后陛下の遣いなのだ、きさまは余計な口をはさむな！」

だがその道士は楊に噛みつくように叫ぶ。どうやらあの言い様だと、あれが噂の、皇太后陛下のお気に入りに納まっている道士らしい。

その趙道士は歳《とし》の頃が中年を越したあたり。身体《からだ》は修行を怠っているのか、お腹《なか》の辺りがゆったりとしているようだが、顔はまあまあ見た目いい。

——はぁん、あれがねぇ。

趙道士が皇太后のお気に入りの座を、どうやって射止めたのか。後宮という場所柄を考えると、おのずと答えが知れてくる気がする。なにせ道士というのは房中術——閨《ねや》の専門家でもあるのだから。趙道士は顔もそこそこ良いし、二十年前は引き締まった体躯《たいく》の美男子だったかもしれない。

そしておそらく彼の売りは、錬金術の若返りや不老不死の研究あたりだろうと、雨妹は推測する。

華流ドラマでは年を経た女が若さを求めるにあたっての、最後の希望であった。

――どのみち、ロクな道士じゃないな。

雨妹は思わず鼻の頭に皺《しわ》が寄ってしまい、慌てて直す。これだとまるで梅《メイ》みたいではないか。

ともあれ、相手にあまりいい印象がないし、なんだか面倒そうな感じでもあるのでさっさと退散だ。そう結論付けた雨妹が、踵《きびす》を返そうとしていると。

「そこのきさま！」

趙道士の視線が雨妹に向いた。

「ああそうだ、その子は新入りだよ。それも最近なにかと噂になっているね」

しかも「新入りか？」と聞かれる前に、先ほど趙道士に絡まれていた宮女が要らぬ情報を告げた。

「なに、本当か⁉」

趙道士が顔色を変えて詰め寄る。

「はぁ……」

楊がため息を吐《つ》くと、その宮女をしかめっ面で睨《にら》みつける。雨妹はそれを横目に、宮女に対して「余計なことを！」と内心で悪態をつきつつ、「新入りですがなにか？」とすまし顔で応じた。

「皇帝陛下に妙なことを吹き込んだ宮女というのは、お前か⁉」

「はぁ？　皇帝陛下に？」

道士の言い分に、雨妹は眉をひそめる。自分には、皇帝になにかをした覚えなどないのだが。なにせ先日ちらっと見たのが、最初で最後の遭遇なのだから。

「知りませんよ、そんなこと」

雨妹がそう言って話を切り上げようとすると。

「皇帝陛下が酒臭い水の入った噴霧器を持ち歩いており、それが呪いを払うだなどというたわけたことを信じられておる！」

趙道士がさらにそう言い募った。

——ああ、消毒液入り噴霧器のことね。

おそらく太子から皇帝へと話が行ったのだろう。そしてこのことが、皇帝の侍医だけではなくこの道士の面子《メンツ》を潰《つぶ》したと。

「ああ、そう言えばあの娘《こ》、そんなのを持ち歩いているよ」

しかもさらに、その宮女がまたもや要らぬことを言う。多分あの宮女は、雨妹を妬《ねた》んでいる部類なのだろう。告げ口しながらいやらしい笑みを浮かべている。

——皇帝陛下に害を与えたとなれば、物理的に首が飛ぶものね。

あの宮女はそこまで深く考えておらず、ただ酷《ひど》い目に遭えばいいと思っただけかもしれないが。しかし雨妹とて、このまま黙っているつもりはない。自分から喧嘩《けんか》を売ろうとは思わないが、売られたら泣き寝入りしない主義だ。

「コレのことならば、中身は酒精を水で薄めたものですよ」

雨妹は持っていた噴霧器を取り出し、趙道士に向かってシュッと吹きかけた。すると「酒臭い！」と道士が下がる。

「陳《チエン》先生のところで作ったものなんです。呪いを払うのではなく、病気の原因の病原菌を殺菌するものなので、誤解しないでください。もし皇帝陛下がお持ちでいらっしゃるのなら、これの話が人《ひと》伝《づて》に流れていったんでしょうね」

冷静に解説する雨妹を、趙道士が身に付いた酒の臭いを両手で払いながら睨む。

「こざかしい言い訳を！　きさまが陳と共謀したとしても、この私には通用せんぞ。なにしろ高度な医術をも修めた私は、陛下の侍医よりも上だからな！」

――なるほど、つまり侍医はこの男の言いなりに動くだけってことか。

それは果たして、侍医の存在する意味があるのであろうか？　単に仲間で皇帝の周りを固めているだけな気がする。

「きさまは知ったかぶりをして高い給金を貰い、あわよくば陛下や太子のお目に触れようという計算だろう。だが、そんな心根の浅ましさなんぞ、この私が払い飛ばしてくれるわ！」

――全く、どっちが浅ましいんだか。

最初に口にする心配事が病気ではなく金だなんて。それで「医術を修めた」などと言ってほしくはない。

「その高度な医術を修めた方は、今回の熱病騒ぎを『呪い』だと仰《おつしや》っているんですよね？」

雨妹の問いかけに、趙道士は「ふん！」と鼻息荒く胸を張る。

「そうだ、世の全てを知る私の知らない病なんぞ、呪いであると決まっている！」

この答えに、雨妹は逆にげんなりとした。

本当に真摯《しんし》に医術を修めた者は、「全てを知る」なんて言わないものだ。学べば学ぶほどに、知らないことが増えていく。それが医術というものなのだから。

――今の教科書は十年後には骨董品《こっとう》だって、看護学校の先生によく言われたなぁ。

患者を助けるためには、医術に係《かか》わる者は常に新しい常識を会得していくのだと。

雨妹はそんな軽蔑《けいべつ》の気持ちを心の内に隠し、悲しげな、憐《あわ》れむような視線を趙道士に向けた。

「それは、ずいぶんと遅れた『高度な医術』ですね。骨董品の医学書を読まれているか、古い教えの師についていたのでしょう。なんともお気の毒に」

「なんだと⁉」

同情の台詞《せりふ》を述べる雨妹に、趙道士が声を荒らげるが、さらに畳みかける。

「その古い医術しか修められなかった道士様に教えて差し上げましょう。今医術の流行の最先端はずばり、『予防』です」

「予防？　なんだそれは？　そんな最先端なんぞ、聞いたことがないわ！」

趙道士の方も「医術の全てを知る」と口にした以上、医術問答を完全に無視できないようで、大きな声で否定する。しかし、声が大きければ主張が正しいわけではない。

「最先端とは、新しい知識や技術の出所周辺にしか広まりませんからね。研究熱心なお医者様の近くにいらっしゃらなかった趙道士が、知らないのは仕方ないですよね。予防とはすなわち、病気になる前に病気の芽を摘んでしまおうという考え方ですよ」

雨妹は言外に「怠け者とつるんでばかりいるからだ」という嫌味を交えて、そう説明する。少なくとも前世の日本では最先端の考え方だし、陳だって予防という考え方を知っていた。

「それで言えばこの噴霧器は、熱病に罹《かか》らないようにするための道具。ただ酒臭いのをちょっと我慢するだけで、予防に高い効果を発揮するのです」

この雨妹の話に、周囲に集まり出していた野次馬の一部から「へぇ～」と感心する声が上がる。

雨妹の話の方に説得力が出て来たことに、趙道士は焦ったらしい。さらに声を張り上げた。

「熱病に罹らないようにだと？　そのような術《すべ》はない！　呪いは防ぐことができんのだからな！」

自分にできないことは呪い、呪いだから仕方ないなんて理論、なんという思考停止ぶりか。

「病とは、罹ってしまった人ばかりを診るのではなく、病に罹らない人を診て『何故《なぜ》罹らないのか？』と追究することに意義がある。そしてそうしてこそ、病を克服するのだと思います」

雨妹は微笑《ほほえ》みすら浮かべて、静かに言う。激昂《げきこう》する相手に激昂で返してはいけないのだ。できるだけ冷静に、できれば激昂と真逆の態度でいる方が、相手に圧を与えることになる。

「それなのに治らないから呪いだなどと。その台詞は医術を修めている者であれば、怠慢以外の何物でもありませんよ」

「なにを言うか……!?」

趙道士はなにか言い返そうとするのだが、適切な反論の言葉が出てこなかったのか。しばらく「ぐうぅ……」と唸《うな》っていたが。

「……失礼する！」

憤然とした様子で、地面を蹴立《けた》てて歩き去っていく。

その趙道士の後ろ姿に、雨妹はにんまりと笑みを浮かべると。

「勝利！」

一人、勝鬨《かちどき》を上げた。

『呪い』だなんていう、医術においては思考停止も甚だしい論理を退けたことで、雨妹は気持ちがスッとした。あの趙道士が口出しをしなくなれば、きっとインフルエンザの残りの季節がぐっと楽になることだろう。

——陳先生、仇はとったからね！

雨妹が前で腕組みして、そう心の中で語り掛けていると。

「勝利、ではないだろうが」

背後から男の呆《あき》れ声が聞こえた。

「あ、立彬《リビン》様」

雨妹が後ろを振り向けば、立彬が険しい表情で立っていた。ここまで走ってきたのか、肩で息をしている。

「趙道士が血相を変えてこちらに向かったと聞いて来てみれば。全く、なにをやっているのだ。このような目立つ真似《まね》をして」

「だって、言われっぱなしは嫌だったんですもん」

前世で日々患者と向き合い病と闘い、進歩速度の激しい医療技術を学ぶのに邁進《まいしん》していた医師たちをよく知っているだけに、どうしてもあの趙道士の言葉を知らぬふりで聞き流すことができなか

ったのだ。

――でも、人前でこんなに医術論をぶっちゃけちゃったら、仕事を変われって言われるかなぁ？　それだけは断固拒否したい。そのためなら、太子のコネだって使ってやるつもりだ。我ながら、コネの使い道が逆だと思うが。

雨妹がそんなことを考えて「うーん」と悩んでいたら、息の整ったらしい立彬が、そもそも趙道士がここへやって来た事情を説明してくれた。

「昨日、江貴妃《ジャン》が久しぶりに茶会を開き、健在ぶりを示したのだが。おそらくその件が気に入らない皇太后陛下に、強く当たられたのだろう。醜く衰えた姿を期待していたのに、痩《や》せてはいるものの期待したような様ではなかったようだからな」

「あ、江貴妃はもうそんなに元気になられたんですね」

江貴妃は肌荒れの問題も解決したら、人前に出られるようになったらしい。

あれ以来鈴鈴《リンリン》と交わすようになった手紙によると、お気に入りの香油を混ぜて様々な香りの化粧品を試し、楽しんでいるらしい。そうした楽しみを見出《みいだ》したことによる心の余裕も、皇太后が気に入らない点でもあるのかもしれない。

皇太后としては、切羽詰まって必死に取り繕う姿を見て、「みっともない」とあざ笑いたかったのだろう。

けれど、美しさというのは身体や心の内から滲《にじ》み出《で》るもの。たとえ肉体が衰えても年老いて肌がしわくちゃになっていても。内なる力に溢《あふ》れる人は、美しいと感じるものだ。

外見を取り繕った美しさなんて、単なる張りぼてでしかない。

――でもそんなことよりなにより、江貴妃が元気になったたっていうのが一番だよね！

「大丈夫ですって、きっと」

雨妹がカラリとそう言うと、立彬がギュッと眉間《みけん》に皺を寄せる。

「なにを楽観的な。あの御仁は結構しつこいぞ。後でなにを言われるやら」

雨妹は江貴妃について述べたつもりだったのだが、立彬は雨妹自身が呑気者《のんき》だと思ったらしく、そう忠告してくる。

「そんなの、また後になってから考えますよ」

そう言いながら台所へ戻る雨妹に、説教をし足りないらしい立彬がついてくる。

「おぅい、阿妹《アメイ》！」

すると台所の窓から美娜に呼びかけられた。どうやら糕《カオ》のお誘いらしい。そして雨妹の傍らにいる立彬の姿にも目を留められ。

「あれ？　宦官殿《かんがん》じゃあないか、最近よく見るねぇ」

美娜が軽い調子でそう告げる。

――そんなに私、立彬様と一緒にいるかな？

自分ではそれほど自覚はないが、美娜が言うならそうなのかもしれない。

この王立彬《ワン・リビン》という男が、どういう理由で雨妹の近くにいるのか知らない。だが自分の後宮ウォッチングの邪魔をしないのであれば、たまにおやつに誘ってもいい気がする。

――なんだかんだで、お世話になっているしね。

「立彬様も糕《カオ》、ついでに食べていきます？　あ、美娜さんの糕《カオ》は最高に美味しいんですから！」

というわけでそんな誘い文句と一緒に、美娜の糕《カオ》を自慢して満面の笑みを浮かべる雨妹に、立彬が一瞬目を見張る。

「……では、いただいて行こう」

そしてそう応じた後、「ああいう顔をするのは食い気のある時だけだな」と呟《つぶや》いたのは、しっかり雨妹に聞こえている。

いいではないか、美味しいは人生にとって最高の調味料なのだから。

かくして、おまけを連れつつ台所に顔を見せる。

「美娜さん、貰いに来ちゃいました！」

「邪魔をする」

「あいよ、ちょうど作り過ぎたかなって思ってたところさ。そっちの人もどうぞ召し上がれ」

声をかける雨妹と立彬にそう話す美娜が台所から出てきて、食堂の卓に皿に盛った糕《カオ》をドンと置いた。

「やったぁ、美味しそう！」

「……」

早速手を伸ばす雨妹に続いて、立彬も無言ながら上品な手つきで一つつまむ。

「う～ん、やっぱり美味しい！」

「確かに、美味《うま》いな」

「だろう？　やっぱり作りたてが一番美味いからね！」

美娜自身も卓について、糕《カオ》をパクリと頬張る。

「やれやれ、平和だねぇ」

そんなこちらの様子を、外からやってきた楊が「仕方ない娘だよ」と言いたげな顔で眺めつつ、自らも糕《カオ》に手を伸ばすのに、雨妹はニコリと笑みを返す。

ちょっとの刺激と美味しい食べもの、この二つがあれば雨妹はいつだって幸せなのである。

Ｆｉｎ

あとがき

まずはこの本を手に取ってくださった皆様、ありがとうございます！

他社様で複数の著作がある作者ですが、中華モノはこれが初挑戦。しかもさほど中華の色々に詳しいわけでもなく。なにが大変って、細々とした設定が中華世界で成り立つのかを調べるのに、とっても苦労しました……。

調べものは簡単にできるようになった昨今でも、調べる内容を具体的に検索かけないと、ネットでもヒットしないいんですよね。それで飛ばされる先が、まさかの専門書サイトだったりとか。

そんなことを繰り返して、学生時代よりも歴史を勉強したりして。現在調べものでお世話になっているのは、華流ドラマのムック本だったりします（笑）。

そんな作者の苦労はともかくとして。

皆様が雨妹《ユイメイ》のアレコレを楽しんでいただけると、とっても嬉《うれ》しいです！

最後に、この本の出版にかかわった皆様に感謝を！

黒辺あゆみ

カドカワBOOKS

百《ひゃっ》花《か》宮《きゅう》のお掃《そう》除《じ》係《がかり》
転生《てんせい》した新米《しんまい》宮女《きゅうじょ》、後宮《こうきゅう》のお悩《なや》み解決《かいけつ》します。

2020年1月10日　初版発行
2021年8月20日　6版発行

著者／黒辺《くろべ》あゆみ

発行者／青柳昌行

発行／株式会社KADOKAWA

〒102-8177
東京都千代田区富士見2-13-3
電話／0570-002-301（ナビダイヤル）

編集／カドカワBOOKS編集部

印刷所／暁印刷

製本所／本間製本

●お問い合わせ
https://www.kadokawa.co.jp/（「お問い合わせ」へお進みください）
※内容によっては、お答えできない場合があります。
※サポートは日本国内のみとさせていただきます。
※Japanese text only

Printed in Japan
ISBN 978-4-04-073416-3 C0093

新文芸宣言

かつて「知」と「美」は特権階級の所有物でした。

15世紀、グーテンベルクが発明した活版印刷技術は、特権階級から「知」と「美」を解放し、ルネサンスや宗教改革を導きました。市民革命や産業革命も、大衆に「知」と「美」が広まらなければ起こりえませんでした。人間は、本を読むことにより、自由と平等を獲得していったのです。

21世紀、インターネット技術により、第二の「知」と「美」の解放が起こりました。一部の選ばれた才能を持つ者だけが文章や絵、映像を発表できる時代は終わり、誰もがネット上で自己表現を出来る時代がやってきました。

UGC（ユーザージェネレイテッドコンテンツ）の波は、今世界を席巻しています。UGCから生まれた小説は、一般大衆からの批評を取り込みながら内容を充実させて行きます。受け手と送り手の情報の交換によって、UGCは量的な評価を獲得し、爆発的にその数を増やしているのです。

こうしたUGCから生まれた小説群を、私たちは「新文芸」と名付けました。

新文芸は、インターネットによる新しい「知」と「美」の形です。

2015年10月10日

井上伸一郎